Le Livre de Poche

Jeunesse

ULYSSE ET L'ODYSSÉE

HOMÈRE

ULYSSE ET L'ODYSSÉE

Relu par Martine Laffon
Écrivain

HACHETTE
Jeunesse

Qui est l'auteur ?

Martine Laffon est philosophe de formation. Elle a été l'adaptatrice du best-seller mondial *Le Monde de Sophie* de Jostein Gaarder. Elle est directrice de collection aux éditions du Seuil. Pour elle, les questions essentielles que se pose Ulysse sur la mort, le sens de l'existence, l'injustice, la violence et la barbarie, parce qu'elles valent pour tous les hommes, donnent à l'*Odyssée* d'Homère toute son actualité.

43, quai de Grenelle, 75015 Paris.

GAULE
Rhône
Eridan (Pô)
HISPÉRIE (IBÉRIE)
CORSE
LESTRYGONS
SARDAIGNE
CALYPSO
ITALIE
Rome
CIRCÉ
Ile des Sirènes
CYCLOPES
ILLYRIE
Ile d'Éole
Détroit de Messine
SICILE
Ile du Soleil
Charybde
Scylla
Lac Tritonis
LOTOPHAGES
Danube
Achillea
TAURIDE
COLCHIDE
THRACE
MACÉDOINE
KYRONES
HARPYES
Bosphore
Roches Bleues
BITHYNIE
PHÉACIENS
Iolcos
GRÈCE
MER ÉGÉE
Troie
CAPPADOCE
Pactole
PHRYGIE
Ithaque
Athènes
Théra
Cythère
Mt Ida
CRÈTE
CHYPRE
PHÉNICIE
MER MÉDITERRANÉE
ÉGYPTE
0
250 Km
500 Km
750 Km

PROLOGUE[1]

Le dernier voyage

Assis à l'ombre fraîche des oliviers, Ulysse contemple les terres escarpées d'Ithaque. On dirait qu'elles courent en se précipitant jusqu'à la mer. Au loin, le soleil fait briller les coques noires des bateaux tirés sur le sable. Le blé sort des sillons, on entend les chevriers mener leurs troupeaux sur les sentiers. Ulysse s'en ira en paix vers la mort. Il ne redoute plus la vengeance de Poséidon, le dieu de la mer, ni ses colères. Pourtant, Poséidon a noyé bien des hommes et broyé bien des navires dans de brusques tempêtes. Il les a ballottés sur son territoire au gré des vents sans aucun espoir de retour. Mais

1. Texte introductif ; le mot vient du grec *prologos*, « avant le discours ».

Tirésias[1], surgi du monde souterrain, celui des ombres pâles comme des fantômes où se lamentent les défunts, Tirésias, autrefois, lui a prédit qu'il mourrait de vieillesse sur la terre de ses pères.

Chaque jour, comme le font les marins, Ulysse regarde au loin le point infime où l'écume blanche de la houle se mélange au bleu du ciel. Il est temps, maintenant, de se préparer pour le dernier voyage. Les dieux lui sont favorables et son destin s'accomplira ainsi qu'ils en ont décidé. Mais avant, il prie la déesse Athéna, fille de Zeus, celle qui l'a protégé à la guerre et sur l'immensité de la mer, celle qui a intercédé auprès de Zeus et des autres dieux de l'Olympe, pour qu'il retrouve enfin sa terre natale. Ulysse implore la divine Athéna de le laisser en vie. Non pas qu'il ait peur de la mort, il l'a si souvent bravée, mais il a besoin de quelques jours encore, dix, vingt, ou plus, si elle le désire. Vingt jours comme les vingt années où il fut si loin d'Ithaque, qu'il crut oublier jusqu'au parfum des vignes et des champs d'orge, jusqu'au goût du sel et du pain partagés. Avant de mourir, il ne veut pas seulement rassembler ses souvenirs épars. Non, il doit revivre dans sa chair les étranges combats qui l'ont entraîné au-delà de lui-même, au-delà du réel, dans un monde dont on revient à jamais différent.

1. Tirésias de Thèbes, en Béotie, est le devin qu'Ulysse rencontre aux Enfers, et qui lui révèle les conditions de son retour.

*
* *

Je suis Ulysse, l'homme aux mille ruses, fils de Laërte, enfant de Zeus, le dieu des dieux. Ce nom à lui seul résume toute mon histoire, il est connu d'un bout à l'autre de la terre, et même jusque chez les dieux. À cause de ce nom, la trace de mes pas sur l'île d'Ithaque, la rocheuse, la dernière dans la mer, celle qui a vu naître bien des guerriers, ne s'effacera pas. Je ne savais rien de la faim, de la peur, de l'errance, du désir, de la folie et de la mort sans gloire, avant de partir pour la guerre de Troie. Il m'a fallu vingt ans d'exil, vingt ans d'absence loin de tous, amis et ennemis, pour revenir enfin libre vers la vie.

Qu'ils chantent, s'ils veulent, les poètes, qu'ils s'accompagnent de leur cithare pour vanter mes exploits et mes mérites : Ulysse le rusé, le débrouillard, le généreux, l'endurant. Ils n'ont pas assez de mots pour faire de moi un héros... Mais pourront-ils exprimer ce que j'ai ressenti devant l'horreur des massacres, les razzias, les pillages et les partages de butins, tachés du sang des femmes et des enfants ? Oseront-ils dire que les flancs rouges de nos bateaux teintaient la mer de reflets sanguinaires ? Peut-être faut-il un jour payer tout cela, cette barbarie au-delà de ce que les dieux permettent ?

Plus d'une fois, sur la mer où j'ai tant souffert, j'ai guetté les bons vents. Plus d'une fois, à genoux, j'ai supplié en vain les dieux de me répondre ou d'accepter les sacrifices des animaux égorgés en leur nom. Plus d'une fois, pour tromper ma solitude, j'ai imaginé le visage de Pénélope, la femme aimée, abandonnée aux sarcasmes, à la convoitise imbécile de quelques prétendants avinés. Ils attendaient l'annonce de ma mort pour épouser ma femme et prendre le pouvoir.

Moi, la nuit, sans trouver le sommeil, je croyais entendre, dans le ressac des vagues ou le bruissement des peupliers, le rire de mon fils Télémaque jouant avec un chiot... Comme ils m'ont attendu, les miens, avec ceux de ma maisonnée, avides de nouvelles, d'un mot, d'un témoignage, espérant qu'un jour, malgré tout, la mer qui m'avait emporté me ramènerait au rivage. Je ne savais pas encore qu'à Ithaque, ma mère était morte de chagrin d'avoir perdu son fils...

1

Qui reviendra de la guerre de Troie ?

— La guerre, Ulysse, c'est la guerre !

Ils ont déjà sorti épées et boucliers.

— Le roi Ménélas est trahi !

Ils crient, excités, entrent dans les domaines. Les servantes, avec les bouviers et les porchers, sortent en hâte dans la cour pour mieux les entendre. Ils parlent de leur butin, d'or, de chevaux et de femmes. Comme s'ils étaient déjà vainqueurs !

— Il faut venger l'honneur de Ménélas !

Je vois leurs yeux exorbités. Bientôt, ils se précipiteront chez eux, ouvriront le coffre où les femmes rangent les cuirasses et les casques de bronze. Les voilà qui courent au combat avec un seul mot à la bouche :

vengeance. Le bruit des lances et des javelots s'empare d'Ithaque, on se précipite déjà pour armer les navires. Les devins ont examiné les entrailles des animaux sacrifiés[1] : les dieux sont favorables.

Dans quelques heures, nous embarquerons pour Troie. Les vergers sentent bon. Les épis blondissent au soleil, mais qui de nous verra les moissons ? Pourquoi la guerre à chaque nouvel été ? Cette fois, il ne s'agit pas de remplir les resserres de vin, de jarres d'huile et d'étoffes précieuses.

— Sauvons l'honneur du roi Ménélas. Agamemnon, son frère, se joint à lui, ils lèvent une flotte et nous demandent appui, car la femme de Ménélas, Hélène, a été enlevée par Pâris, le jeune fils du roi de Troie, Priam !

Voilà ce que, d'une île et d'un rivage à l'autre, les envoyés des deux rois clament dans tout le pays. Les guerriers et les héros de toute la Grèce vont donc combattre pour la même cause.

— Pâris sera facilement vaincu. Hélène délivrée, chacun retrouvera au plus vite sa terre natale ! murmure-t-on déjà chez les Grecs.

Qui n'aurait pas voulu sauver Hélène, la Spartiate, la plus belle femme du monde ? Moi aussi, bouleversé par sa beauté, j'avais espéré en secret l'épouser. Comme Ménélas et Agamemnon, je faisais partie de

1. Dans la Grèce ancienne, on examinait le foie des victimes afin de savoir si les présages étaient favorables à telle entreprise.

ses nombreux prétendants. J'étais roi d'Ithaque, depuis que mon père m'avait transmis son pouvoir lorsque j'avais atteint l'âge d'homme. Chacun à Sparte, comme sur l'île, connaissait mes surnoms : Ulysse le divin, l'ingénieux, le pilleur de villes.

Mais les dieux décident seuls du destin des humains. Athéna la divine, plus guerrière que femme, me poussa au combat, sans se soucier de mes amours. Elle me choisit pour épouse la sage Pénélope, la cousine d'Hélène.

Sur le seuil de ma demeure, mon fils, marchant à peine, joue, insouciant, avec un chiot. Dès que la brise du soir permettra aux bateaux de prendre le large, nous partirons pour la guerre. Les rameurs sont déjà au port. Avant qu'il ne soit trop tard, je hisse Télémaque sur mes épaules, et son souffle tiède glisse sur ma nuque, tandis que nous montons par le sentier pierreux jusqu'au champ d'oliviers. Au loin, j'aperçois la mer violette, tout est calme, les terres brunes d'Ithaque sont en fleurs, le chien nous a suivis et vient s'asseoir à mes côtés. Il me regarde en gémissant un peu, comme le font les jeunes chiens impatients de courir à la chasse. Est-ce un mauvais présage ?

Soudain, sans savoir pourquoi, je me sens vulnérable, moi, Ulysse, le héros aguerri aux combats. Pourquoi devrai-je combattre à Troie en pleine jeunesse, pour une autre femme que la mienne et pour d'autres rois ? Qu'adviendra-t-il de Pénélope, de mes parents et de ma terre ? Du bonheur tranquille de voir grandir un fils, et d'autres enfants aussi solides que lui ? Chacun chantera peut-être ma gloire pour être mort l'épée au poing, mais qu'aurai-je connu de la douceur de vivre ?

Le soleil dans les oliviers dessine des ombres sur le sol, les cigales ajustent leur chant monocorde. Vivre... Et ne jamais quitter sa terre ! Mais comment Athéna, la farouche, aurait-elle accepté que je ne sois pas un de ces guerriers dont on raconte cent fois les exploits, suscitant l'effroi des uns et le courage des autres ?

À pas lents, le chien courant devant, nous redescendons le sentier. Dans la cour du domaine, les yeux brillants, les traits tirés, Pénélope nous attend. Elle a préparé mon manteau de laine pourpre, celui qu'elle a patiemment tissé près du feu cet hiver. Proche de son visage, je vois ses lèvres trembler, elle ne dit rien pourtant. Euryclée, la nourrice, prend Télémaque dans ses bras, et je devine qu'elle a pleuré elle aussi. Pénélope ajuste l'étoffe fine sur mes épaules. Je frissonne. Pour fermer le drapé de ma tunique, elle y accroche un bijou d'or, un chien tenant un faon entre ses pattes. Ses mains fines et blanches effleurent ma gorge. Je vois la veine de son cou s'affoler aux battements de son cœur. Je respire son parfum, celui des oliviers et du benjoin. J'ai envie de la serrer dans mes bras, de lui dire que je reviendrai vite, en vainqueur, que nous serons riches, que tout recommencera, les rires dans la demeure, les fêtes en son honneur, le jeu des haches et du tir à l'arc qui la rend si fière de moi. Mais je me tais.

Comme il a hanté mes jours et mes nuits, ce dernier instant... Et, même à demi englouti par les vagues, l'œil blanc, le ventre gonflé des horreurs de la mer, j'essayais encore de ne pas l'oublier. Avait-elle compris, Pénélope, que personne, où que je sois, ne nous séparerait ?

Le signal du départ. Eumée, le porcher, et deux esclaves portent le coffre avec ma cuirasse, mes jambières de bronze et mon bouclier pour la guerre, d'autres, les sacs de cuir gonflés de vivres et les outres pour le vin. Tous m'accompagnent au port. Mon père, Laërte, nous attend sur la grève pour encourager les hommes. Des agneaux sont offerts en sacrifice à Zeus, la fumée des graisses brûlées de leurs entrailles monte jusqu'au ciel. Que les dieux nous soient favorables !

Déjà Athéna me presse d'embarquer. Les proues bleues des navires se tournent vers le large et leurs yeux peints, grands ouverts, sur leurs flancs, sauront trouver les bonnes routes. Ils écarteront les mauvais esprits. Dans ma main, je tiens bien serrée une poignée de la terre rugueuse d'Ithaque. Je porte au côté gauche l'épée tranchante. Nous gagnerons la guerre !

*

* *

Le soleil décline, et la brise venue de la mer fait frisson-

ner les oliviers. Une brume légère se lève, le crépuscule vient... Ulysse a froid. D'une main passée à la hâte sur ses yeux, il efface les souvenirs si vifs de ce premier jour. Sur ses mains, burinées pour avoir tiré sur les cordages des voiles et tracé les droits sillons de sa terre, les veines saillantes courent comme les chemins de son destin. La peau est devenue plus fine peut-être, mais ses mains ne tremblent pas.

Il a fait preuve de ruse, de courage, de force et de haine pour rester en vie. Troie, ce fut dix ans de guerre aux exploits innombrables, avant que les dieux consentent à y mettre fin. Dix ans à se jeter furieusement les uns contre les autres, sans autre but que de tuer, de piller, de détruire Troie, Pâris, ses alliés et tous les Troyens, par une ultime ruse, sachant que dans les cieux, les dieux, chacun ayant choisi son camp, encourageaient les combats. À Ithaque, Pénélope attendait, faisant chaque matin une offrande aux dieux du foyer pour que Télémaque, qui ne riait déjà plus comme un enfant, ne soit pas orphelin. Elle gardait le vin frais et le blé sec, demandant aux esclaves d'aller guetter chaque soir le retour des bateaux au port.

Ulysse redescend lentement vers son domaine... Combien de fois depuis son retour a-t-il gravi ce chemin pierreux ? Au loin, il entend les voix criardes des marchands qui s'interpellent sur le port. Demain, dès les premières lueurs de l'aube, il reviendra au même endroit, car seule la mer peut l'aider à déchiffrer les signes de son destin.

Dans le petit matin pâle, lorsque Aurore sort du lit de son époux, ainsi que l'imaginent les poètes, Ulysse est là, face au vent chargé d'embrun. On dirait que l'île est son navire. La mer silencieuse se confond avec le ciel traversé de loin en loin par les goélands. Athéna a entendu sa prière et Zeus, le dieu des dieux, en a décidé ainsi. Qu'Ulysse reste en vie, qu'il parcoure les chemins de son histoire et n'oublie rien de ses exploits. Ainsi, les générations futures rendront grâce aux dieux pour leur justice et leur habileté à conduire le destin des hommes.

*
* *

— Un cheval de bois, un cheval immense comme une tour, pour cacher dans ses flancs nos soldats armés jusqu'aux dents, voilà comment tromper l'ennemi. Laissez-vous convaincre : c'est notre seule chance de délivrer Hélène, d'échapper à la mort et de revenir chez nous.

Les rois Ménélas et Agamemnon hésitent.

— Les Troyens, usés par dix ans de combats, ne se méfient plus. Ils introduiront eux-mêmes ce cheval de guerre au beau milieu de leur cité, pensant offrir une statue à la divine Athéna qui leur accorderait son soutien.

Mon plan pour entrer dans la ville de Troie fonctionne mieux que prévu ! Les Troyens se laissent abuser et s'empressent d'introduire notre cheval. Nos hommes franchissent ainsi, cachés, les hautes murailles de Troie ! Dès la nuit tombée, un guerrier sort sans bruit de ses flancs de bois. Il nous ouvre les portes de la cité, et aussitôt notre armée envahit la ville.

Des ruines, rien que des ruines, des cadavres dont le sang arrose la poussière, c'est tout ce qu'il reste de Troie. On se partage les femmes et les enfants. Plus tard, ils travailleront dans les champs ou seront vendus sur le marché d'Ithaque. Personne, alors, ne peut arrêter le bras des guerriers ivres de pillages, après tant d'années d'épreuves, tant d'années à recevoir pierres et javelots sous les murailles de Troie, à compter les hommes morts sans gloire.

Une nouvelle fois, le courage, la ruse et la force font de moi un héros ! Je lève mon bouclier en signe de victoire.

2

Razzia chez les Cicones

— Ulysse ! Ulysse !

Mon nom court sur toutes les lèvres ! Et nos navires si rapides n'attendent qu'un signal pour reprendre la mer. Des rameurs aux pilotes, pas un qui ne m'interpelle.

— Nous rentrons ! Nous rentrons en vainqueurs, enfin ! Puisse Athéna, la divine, nous guider vers Ithaque par les droites routes marines !

Ce ne sont que cris de joie. Sous les bancs des rameurs, s'entassent les sacs de butin. Les hommes, en cadence, prennent de la vitesse, et le sillage blanc des navires se referme derrière nous.

J'entends le chant des marins, peinant ensemble à

hisser le mât et les voiles, pour prendre le vent. Le cœur battant, nous repartons vers les rivages familiers, ne sachant rien, ou si peu, de ceux qui nous attendent là-bas. Reconnaîtront-ils nos visages ? Qu'ont-ils fait, eux, pendant tout ce temps ? Nos femmes nous sont-elles restées fidèles après tant d'années ?

Les navires s'enfuient sous les vents favorables. Mais, dès que la nuit se confond avec la mer, les hommes prennent peur et s'interrogent : qui les attendra encore sur la grève du port ?

En mer, une querelle stupide avec l'orgueilleux Ménélas, trop content d'être vengé et d'avoir plus que sa part d'or et de trophées, m'oblige à revenir vers Troie, alors que je fais route pour Ithaque avec lui. Agamemnon avait raison, j'aurais dû rester et sacrifier comme lui à Athéna des bœufs bien gras. C'est elle qui a convaincu les dieux de nous donner la victoire, malgré la haine d'Apollon. Il soutenait, lui, le camp des Troyens, et nous envoya même la peste pour décimer nos guerriers. Aphrodite, non plus, ne voulait pas notre victoire, car elle avait poussé Pâris à enlever la trop belle Hélène !

Quelle déception de revenir, une fois en mer, avec mes douze navires, auprès d'Agamemnon resté à Troie. Cela différait encore une fois notre retour. Mais bientôt les proues bleues de ses navires, et celles des miens, flancs à flancs, fendent les hautes vagues pour regagner la Grèce au plus vite.

— Nous éviterons le grand large, trop dangereux à

cause des autres bateaux, ceux des marchands et des pirates, pour aller d'île en île. Ainsi, nous pourrons naviguer tout le jour et, le soir, laisser les embarcations au mouillage dans la crique d'un port, ou tirer les bateaux à terre, pour manger et dormir. C'est plus sûr !

Les navires filent bon train, quand brusquement le vent se lève. Aussitôt, j'avertis les pilotes et les hommes d'équipage :

— Affalez les voiles !

En un instant, je perds de vue les navires d'Agamemnon. La mer se creuse. Nous dérivons dangereusement. Le gouvernail, sous la houle trop forte, ne répond plus, il risque de se rompre. Il faudrait regagner la terre au plus vite. Enfin, la tempête se calme, mais la flotte d'Agamemnon a disparu. Et mes navires affrontent seuls la mer gonflée de vagues.

Tous les marins savent que les quatre vents, dont l'humeur est aussi changeante que celle des dieux, égarent les bateaux. Ils s'en méfient. Euros vient du sud-est, Zéphyr, du nord-ouest ; Borée, c'est le vent du nord et Notos, celui du sud. Un jour, ils sont favorables, et le lendemain, ils emportent au loin. Pour peu qu'ils soufflent ensemble, on devient une proie facile sur la mer.

À mon signal, tous les bateaux virent de bord. Mais, puisque le vent nous pousse près de la cité d'Ismaros[1], chez les Cicones, pourquoi ne pas profiter d'un dernier pillage, même si les bateaux sont déjà chargés de butins et de captifs ? Après tout, les Cicones ne sont-ils pas les alliés des Troyens ? Et puis les marins veulent des femmes...

Le pays des Cicones est facile à attaquer. Il est plat, et l'on peut se dissimuler dans les marais, sans risque d'être à découvert. Un peu plus loin, sur la hauteur, la ville d'Ismaros et le temple d'Apollon...

Les Cicones tentent en vain de défendre Ismaros. Ils sont massacrés, leurs femmes enlevées, loin de la ville, leurs maisons pillées. Ismaros résonne de cris et de larmes. Nous n'épargnons personne, ni les vieillards ni les enfants, sauf le grand prêtre d'Apollon, Maron, sa femme et son fils. Si je décide de lui laisser la vie sauve, c'est, peut-être, parce qu'à ce moment-là, je me souviens de Télémaque. Il doit avoir le même âge que leur enfant. Maron, terrorisé, me donne en échange sept pièces d'or finement ciselées, un cratère[2] en argent massif et douze amphores pleines d'un vin doux sans mélange, dont personne, excepté sa femme et son intendante, ne connaissait l'existence... Une boisson divine, qu'il faut mélanger à vingt mesures d'eau, pour que tout son arôme se développe...

Quand, enfin, le pillage cesse, j'ordonne à tous de

1. L'Ismaros est une montagne de la côte méridionale de Thrace sur la mer Égée, région où vivaient les Cicones.

2. Le cratère est un grand vase servant à mélanger l'eau et le vin à l'occasion des banquets.

reprendre la mer au plus vite. Mes compagnons refusent. Ils veulent fêter sans attendre cette nouvelle victoire, en partageant équitablement les biens amassés. Dans leur folie, ils n'offrent ni sacrifice ni libations[1] aux dieux, et ils égorgent sur le sable des dunes le bétail volé, des moutons et des bœufs. Ils mangent et s'enivrent toute la nuit, en riant de façon obscène.

Mais, au petit matin, de très nombreux Cicones, venus de l'intérieur des terres, arrivent en renfort à cheval et à pied, pour venger les leurs.

— Repliez-vous près des navires !

Les hommes surpris comprennent vite que le combat sera inégal.

— Tous aux navires, il faut fuir au plus vite.

Chacun, sa lance de bronze au poing, repousse les adversaires qui percent nos lignes. Les rameurs sont à leurs postes, et les sacs de cuir chargés du butin sont entassés à la hâte sous leurs bancs. À la tombée de la nuit, les Cicones nous assaillent de plus belle. Nous leur échappons de justesse, en manœuvrant les navires hors de leur portée.

— Malheur à nous ! Trop contents de nous enrichir une dernière fois, pourquoi avons-nous commis un tel massacre ? Qu'avons-nous fait, nous, les courageux vainqueurs de Troie ?

Nous reprenons la mer avec tristesse en comptant

1. Lors des sacrifices, les Grecs faisaient des libations en répandant un liquide sur le sol en offrande aux dieux.

le nombre de nos compagnons morts : six par navire. Leurs corps gisent abandonnés sur le rivage. Malheur à moi, malheur à nous, maintenant, nous devons craindre les dieux, car les vivants doivent une sépulture aux morts !

En un instant, la tempête se lève. Zeus est offensé par notre impiété, car les hommes ne lui ont offert aucun sacrifice avant de ripailler, et les morts se décomposent sur le sable. Zeus nous maudit. La route du retour sera périlleuse ! Voilà qu'il rassemble les nuages, et nous sommes pris dans les bourrasques de Borée.

— Tous les rameurs à leur place ! Affalez les voiles !

La terre et la mer se confondent, nous perdons nos repères, les bateaux tanguent, et la violence du vent déchire les voiles.

— Affalez ! affalez ! Nous prenons trop de gîte, nous allons coucher les bateaux !

Les proues bleues disparaissent dans les vagues. La mer déferle dangereusement, jusque sur le pont. Les rameurs souquent sans relâche pour échapper à la force déchaînée de Borée, et gagner la terre ferme. Deux jours et deux nuits, nous restons prostrés sur le rivage, tourmentés par ce qui vient d'arriver, et bien conscients que les dieux nous poursuivront ainsi jusqu'à notre retour à Ithaque. Combien, parmi nous, reviendront sains et saufs chez eux ? Quelles autres épreuves désormais nous attendent ?

À l'aube du troisième jour, nous repartons en mer et hissons les voiles blanches pour prendre le vent. Ce jour-là, les navires filent, rapides, les côtes d'Ithaque se rapprochent, et nous pouvons à bonne vitesse atteindre l'île en quelques jours...

— Que les pilotes gouvernent droit, et nous raconterons bientôt nos exploits guerriers à nos femmes. Nous oublierons les jours de tempête !

Mais tout à coup, en doublant le cap Malée, le courant, la houle et Borée, le vent du nord, nous éloignent soudain de Cythère[1]. Ils nous entraînent, impuissants, dans un monde au-delà du réel, où les humains perdent leurs repères, où la magie et les sortilèges s'entremêlent, et dont il ne faut surtout pas franchir la frontière. Je me croyais au bout du voyage. Je comprends alors, effrayé, le cœur serré d'angoisse, que nous allons au-devant de notre destin.

*

* *

Les jappements d'un chien, courant dans les herbes sèches, réveillent Ulysse. Il ne sait plus très bien où il se trouve, sur la terre d'Ithaque, ou avec les marins à bord des navires effilés et rapides, qui l'emportaient au-delà du cap Malée. Pourquoi a-t-il dû endurer toutes

---

1. Le cap Malée et l'île de Cythère, à l'extrême sud du Péloponnèse, marquent dans cette direction la limite du monde grec.

ces épreuves, être exilé si loin des siens et voir mourir ses compagnons ? Est-ce ainsi que l'on devient un guerrier ? Un homme ? Un héros ?

La gloire a un goût amer. Elle ne réjouit que les poètes, eux qui en racontent seulement les épopées. Mais les héros ne sont pas des dieux. Que valent leurs victoires, l'or, les biens précieux et le vin doux des vignes ensoleillées, lorsqu'on ne choisit pas librement la route qui ramène vers le monde des hommes, et vers sa patrie ?

Puis le soleil se fait vif, et la chaleur blanchit les pierres du sentier. Ulysse, aveuglé par la lumière, cherche l'ombre de sa demeure. Il restera ainsi, songeur, sous la tonnelle de vigne sauvage, jusqu'au soir. Pourtant, demain, dès l'aube, fidèle à ce qu'il veut savoir de lui-même, il appellera ses souvenirs, et ils surgiront des profondeurs de la nuit.

3

Les Lotophages et la fleur de l'oubli

Neuf jours de dérive en haute mer, sans que les pilotes sachent vraiment où nous allons débarquer, vers quelle terre, humaine ou monstrueuse... Nous avons réduit la toile des voiles, pour rester en vue les uns des autres, et, la nuit, les douze navires se resserrent en escadre. Pas un marin à bord qui ne se demande pourquoi nous n'avons pas trouvé un passage devant le cap Malée. Nous sommes tous des navigateurs chevronnés, à quel dieu devons-nous cet échec ?

Terre en vue ! Le dixième jour, enfin ! Il était temps, nous allions manquer d'eau. Cette fois, nous avons débarqué au pays des mangeurs de plantes, les Lotophages[1]. Nous descendons à terre, car il faut remplir les outres d'eau fraîche, et nous mangeons non loin des bateaux, pour pouvoir fuir en cas de danger.

Qui sont ces habitants ? Cultivent-ils du blé comme nous autres Grecs et mangent-ils du pain ? J'envoie trois compagnons en reconnaissance.

À vrai dire, ils ont beau connaître les lois de l'hospitalité, les Lotophages sont bien différents de nous. En guise d'accueil, ils offrent du lotus, un fruit doux comme le miel. Mais c'est une drogue pour les humains qui en mangent. Elle efface leur passé, les condamnant à ne plus comprendre leur propre histoire. Les trois éclaireurs sans méfiance se laissent tenter et goûtent de ce fruit. Aussitôt, ils refusent malgré mes ordres de revenir aux navires.

— Empoignez-les et traînez-les de force jusqu'à la grève !

Ils se débattent en criant. Ils veulent rester ici, et vivre désormais parmi les Lotophages.

— Malheur à eux ! Leur monde est celui de l'oubli, il est le pire des mondes. C'est là que la mémoire se perd et que les hommes ne savent plus retrouver leur chemin. Attachez-les sous les bancs des rameurs à la place des sacs de vivres. Et embarquez tous au plus vite si vous ne voulez pas, vous aussi, oublier votre passé, les sentiers escarpés d'Ithaque et les vergers en

1. Pour le géographe grec Strabon, ce pays correspondait à l'île de Djerba, au sud de la Tunisie.

fleurs, la gloire de nos ancêtres et les autels des dieux, le visage de nos parents et les yeux de nos femmes qui nous attendent au pays. Et pire encore : tout confondre et ne plus savoir désormais distinguer le bien du mal. Nous devons retrouver notre terre natale !

Lorsque nous reprenons notre voyage, certains sont inquiets et d'autres abattus, car nous ne savons plus quelle route marine suivre pour revenir vers les côtes grecques.

L'étrange pays des Lotophages leur fait craindre une mort sans honneur. Personne ne se souviendra d'eux. Mais, vaincus ou vainqueurs, la guerre et les ruines fumantes des villes incendiées ne font-elles pas oublier qui l'on est et d'où l'on vient ?

4

Pris au piège du Cyclope Polyphème

La mer changeante, violette ou grise selon l'humeur des vents... La mer plate comme un champ sans moisson... La mer déserte, où les oiseaux eux-mêmes ne s'aventurent plus... La mer immense et la houle qui roule les bateaux... La mer vide et inhumaine, lisse, transparente comme un miroir, et que nous traversons sans nous en apercevoir, franchissant ainsi l'étroit passage menant à l'autre monde...

Par une nuit d'errance, nous naviguons à vue, quand soudain la lune se cache. Un brouillard dense entoure les bateaux. Nous n'avons plus aucun moyen de nous repérer. Nous nous appelons d'un pont à l'autre pour garder le même cap, ne sachant pas où la mer nous entraîne. Brusquement, de gros rouleaux nous échouent sur le rivage, avant même que les voiles soient affalées. Quelle mystérieuse main divine nous pousse ainsi sur la plage ? Je suis inquiet.

— Quelques hommes restent sur les bateaux, les autres, débarquez avec des vivres. En attendant l'aube, nous nous installerons pour dormir sur le sable. Restez groupés, et ne vous éloignez pas du campement. N'allumez aucun feu qui pourrait nous faire repérer.

Où sommes-nous ? Les arbres encerclent la plage et prennent dans l'obscurité des formes monstrueuses. Cette nuit-là, je vois en songe le visage de Pénélope. Elle a l'air grave, penchée sur son métier à tisser. À la lueur d'une lampe à huile, elle défait un à un les dessins de l'étoffe de pourpre tendue sur son métier. Pourquoi ? Un chien dort en rond à ses pieds. Tout, dans la demeure, semble figé. Elle est si proche et si lointaine...

Mais l'aube, fille du matin, arrive et, en un instant, révèle ce qui hier était caché. Nous sommes échoués sur un îlot boisé où paissent des chèvres sauvages. Pas de cultures ni d'animaux de trait pour tirer les charrues, pourtant, la terre est riche et grasse, elle pourrait donner de bonnes récoltes de blé et porter des arbres fruitiers. Même pour la vigne, le sol est généreux. Et puis l'île offre une anse qui forme un port naturel, parfaite pour laisser les navires au mouillage, sans jeter les ancres. On peut attendre ici, sans danger, les vents pour repartir. Il y a même une source claire comme de l'eau de roche au-dessus du port. L'îlot pourrait être habitable et prospère, mais il y a juste des chèvres.

Ce gibier tombe à point, les hommes s'emparent aussitôt de leur arc, et d'épieux à longues douilles, pour chasser. Les dieux sont avec nous, la chasse est bonne. Et ainsi, du lever au coucher du soleil, nous festoyons de viandes grillées et de vin doux tiré des amphores, celles volées aux Cicones.

Tout près de notre îlot se dresse une autre île, plus montagneuse. Elle est si proche de nous que l'on en devine les fumées des foyers, et l'on entend les brebis et les chèvres bêler. Elle m'intrigue. Qui habite cette terre ? Au petit matin, n'y tenant plus, je décide de débarquer sur l'île voisine. Je suis curieux de rencontrer les habitants : sont-ils des monstres sans loi et sans justice, ou des hommes hospitaliers qui craignent les dieux ?

— Vous, des autres navires, restez ici pour le moment, moi, je pars avec mon bateau et mes seuls compagnons.

Bientôt, nous atteignons à la rame l'autre rivage, et je repère au bout d'un cap une grotte, juste au-dessus de la mer. Elle est cachée derrière les lauriers sauvages. Des brebis et des chèvres sont parquées dans un enclos à côté. Un haut rempart de blocs de pierres et d'arbres, des chênes et des pins, encerclent les lieux.

Quel être étrange habite ici pour vivre seul, à l'écart de ses semblables ?

— Il me faut douze braves qui exploreront la grotte de plus près, les autres resteront à bord pour garder le navire. Soyez prêts à fuir au plus vite, si nous sommes en danger !

Courage, inconscience ou défi, je veux rencontrer le propriétaire de cet antre ! J'emporte l'outre de vin, offerte chez les Cicones, à Ismaros, par le prêtre Maron, et une besace pleine de vivres. Quelques cadeaux à échanger en signe de civilité !

— Il a dû emmener ses bêtes paître. Profitons-en pour explorer les lieux.

Des fromages sont alignés les uns à côté des autres sur des claies, et puis, un peu plus loin, on trouve des étables pleines de chevreaux et d'agneaux, avec des jattes et des terrines pour le lait. Quelle puanteur insupportable, un mélange de fumier et de lait caillé ! Qui peut vivre ici ?

— Ulysse, volons les fromages, ramenons quelques agneaux et chevreaux aux bateaux, et rentrons au plus vite, car les dieux seuls savent ce qui se passera si l'homme qui vit ici revient et nous trouve chez lui.

Je ne les écoute pas. Ils ont beau insister, je veux rencontrer celui qui se terre dans cette grotte avec bêtes et fromages, voir son visage et, s'il le faut, me mesurer à lui.

— Nous l'attendrons là. Une razzia de fromages et de petit bétail, voilà tout ce que vous me proposez ?

Quel triomphe sans gloire ! Sacrifiez plutôt aux dieux avant de manger les fromages, et allumez un feu, que l'on y voie plus clair.

À cet instant, pourquoi ne les ai-je pas écoutés ? par orgueil ou par goût du combat ? un Cyclope, planté sur deux jambes colossales, aussi haut qu'une montagne, entre dans la grotte, alors que nous somnolons, repus. Son visage monstrueux est troué d'un seul œil au milieu du front, aussi large et rond qu'un cratère de volcan. Il roule sans cesse dans une orbite tout injectée de sang. Sa bouche est énorme comme un gouffre. Un Cyclope ! Nous sommes dans l'antre d'un Cyclope ! Mes compagnons, effrayés, se réfugient tout au fond de la grotte, tandis que le géant s'affaire et rentre son troupeau de bêtes bien grasses, pour les traire.

Ensuite, il ferme l'entrée avec un énorme bloc de pierre. Nous sommes prisonniers, aucun homme ne pourrait le soulever. Dans l'obscurité, le feu éteint, le Cyclope ne nous a pas repérés. Il commence la traite des chèvres et des brebis bêlantes, fait venir sous chacune un petit et enfin sépare le lait : d'un côté celui qu'il utilisera pour les fromages, de l'autre celui qu'il conserve pour le boire. Après, il allume un feu avec un immense fagot, et la grotte s'éclaire aussitôt.

— Qui êtes-vous ? rugit-il d'une voix si souterraine que nos cœurs éclatent de peur. D'où venez-vous comme cela par la mer ? Êtes-vous des marchands ou des pirates, prêts à attaquer tous ceux qui n'ont pas la même langue qu'eux ?

Sa taille, son corps, son visage, tout est effrayant. J'ose lui répondre :

— Nous sommes des Achéens et nous venons de Troie ; tempête après tempête, les vents nous ont fait dériver en mer jusqu'ici, alors que nous regagnions notre terre natale et nos maisons. Mais peut-être est-ce la volonté de Zeus ? Nous sommes des guerriers, des soldats du roi Agamemnon, dont la gloire est connue aujourd'hui d'un bout à l'autre de la terre, à cause de sa victoire sur Troie. Comme le veulent les lois de l'hospitalité, nous implorons ta protection à genoux. Et, pour que s'établissent des liens entre nous, offre-nous, selon la coutume, des cadeaux. Crains les dieux et respecte notre demande : car tu le sais, Zeus, le dieu des dieux, défend les étrangers. Lui est hospitalier, et c'est l'ami des hôtes généreux.

Le Cyclope aussitôt se met à rire d'un rire cruel et fruste.

— Qui es-tu, misérable, pour me dire de respecter les dieux ? Les Cyclopes ne craignent ni les dieux ni les hommes. Nous n'avons qu'une loi, celle du plus fort, et ce n'est pas la peur de la vengeance de Zeus qui m'empêchera de vous tuer si j'en ai envie. Mais dis-moi plutôt. Où tu as laissé ton navire pour venir jusqu'ici. À l'extrémité du cap, ou plus près ?

Je me méfie de lui, et je lui mens.

— Poséidon, le dieu de la mer, a brisé mon bateau

sur les rochers aux confins de ton île, et le vent du large l'a entraîné au loin. Moi et mes compagnons, nous avons échappé de justesse à la mort.

Le Cyclope m'écoute à peine. Brusquement, il attrape deux hommes d'un coup et les assomme sur le sol. Leurs cervelles giclent, ensanglantant la terre. Il découpe mes compagnons, membre à membre, et les dévore comme un lion affamé, sans rien laisser, ni les entrailles, ni la chair, ni la moelle des os. Jamais, même dans les guerres les plus cruelles, nous n'avons vu pareille horreur ! Se repaître de chair humaine !

Puis le Cyclope boit une grande jatte de lait et, rassasié par sa barbarie, s'étend dans la grotte au milieu de ses bêtes, et s'endort.

— Comment s'enfuir de cet antre puant, échapper à cette sauvagerie monstrueuse et rejoindre les bateaux ? Inutile d'espérer le tuer en le frappant d'un coup d'épée au foie... Et même si, avec l'aide de Zeus, je réussis à le toucher, comment déplacer le bloc de pierre à l'entrée ?

Mes compagnons, prostrés, gémissent dans l'obscurité.

— Nous sommes piégés, les hommes restés au bateau ne savent pas où nous sommes. Qui de nous, demain, sera dévoré ? Zeus, je t'implore !

Au petit matin, le Cyclope, comme à son habitude, allume un feu dans la grotte et commence la traite de ses bêtes, le partage du lait, et ainsi de suite. Ses travaux terminés, il nous cherche, son œil exorbité roulant de tout côté. Aussitôt, d'un geste prompt, il attrape encore deux de mes hommes entre ses pouces, pour les manger. Bientôt repu et satisfait, il ouvre la porte de la grotte, fait sortir son troupeau et la referme aussitôt.

— Nous allons tous y passer ! hurlent mes compagnons. Pourquoi nous as-tu entraînés dans une mort horrible ? N'avions-nous pas suffisamment combattu à tes côtés ? Jamais nous ne reverrons Ithaque ! Qu'avons-nous fait aux dieux ?

Ce ne sont que cris et larmes. Je dois agir au plus vite. Par la force ? Impossible, je ne suis pas de taille ! Par la ruse, alors ? Qu'Athéna m'aide une fois encore, et je tiens ma vengeance.

Hier, près d'un enclos, nous avons repéré un jeune olivier coupé vert, un futur gourdin pour le Cyclope. Il est long, d'un bon diamètre, et nous avions alors pensé qu'il ferait un solide mât de navire à vingt rameurs. Mais les Cyclopes ne connaissent rien au savoir-faire des artisans ou des charpentiers de marine, ceux qui construisent nos bateaux. Ils ne distinguent même pas le bien du mal ni la vérité du mensonge. Ce sont des bêtes sauvages sans foi ni loi.

— Apportez-moi l'olivier, je vais m'en servir comme épieu, après l'avoir coupé à la bonne taille. Écorcez-le et polissez-le avec soin. J'aiguiserai la pointe. Par précaution, je la durcirai au feu. Nous cacherons l'épieu sous le fumier qui s'entasse dans la grotte. Maintenant, tirez au sort ceux qui devront crever l'œil du Cyclope, pendant qu'il dormira. Avant son retour, je vous expliquerai mon plan. Nous ne devons pas rater notre cible, c'est notre seule chance de rester en vie.

Le sort désigne quatre hommes, ceux que j'aurais choisis moi-même, si j'avais pu en décider... Tout est au point, mais si par malheur nous échouons...

Quelques heures plus tard, nous entendons les pas effrayants du Cyclope et les bêlements de ses bêtes. Il se fait tard, et il rentre ses troupeaux à l'abri pour la nuit, refermant vite la grotte. Cette fois, il ne laisse aucun animal dehors ; de qui se méfie-t-il ?

Sans un mot, le Cyclope commence la traite des brebis et des chèvres, met de côté le lait pour les fromages, et brusquement se jette sur nous, attrape encore deux hommes dans ses mains grasses et dégoulinantes. Ils hurlent et se débattent, mais il les déchiquette et avale les morceaux de bras et de jambes, tout rond. Je dois agir vite, sinon nous allons tous mourir. Je lui tends une jatte de vin.

— Cyclope, bois donc cela pour arroser les chairs humaines. C'est ce que nous cachons dans nos bateaux, et je t'aurais offert une outre pleine de ce vin délicieux, si tu nous avais accueillis selon les lois de l'hospitalité, nous aidant à quitter l'île et à revenir chez nous. Mais ta violence dépasse les bornes ! Qui, parmi nous autres mortels, pourrait te demander asile après ce que tu as fait ?

Il vide la jatte d'un trait et, ravi, en demande une autre.

— Ici, au pays des Cyclopes, nous avons du blé sauvage, et la vigne qui pousse toute seule sous la pluie de Zeus porte aussi de belles grappes de raisins. Mais ton vin à toi est un nectar, de l'ambroisie, une boisson divine ! Sois généreux, ressers-moi, et dis-moi qui tu es, pour que je te fasse un cadeau qui te plaise.

Je le sers une deuxième fois, il boit la jatte d'un trait, en redemande, et boit encore... Bientôt, l'alcool fait son effet, et son esprit s'embrouille.

— Cyclope, puisque selon les règles de l'hospitalité, tu me demandes mon nom, je vais te le dire. Mais toi, tu n'oublieras pas ce que tu m'as promis. Je m'appelle Personne. Personne, c'est le nom que mes parents et mes compagnons me donnent.

À ces mots, tête renversée, il est secoué d'un rire d'ivrogne :

— Eh bien, mon cadeau à moi, c'est que je te mangerai le dernier !

Et cela dit, il s'écroule sur le dos, recrache du vin et des morceaux de chair, en rotant, et s'endort.

— Sortez l'épieu ! Vite ! Et chauffez-le sur le feu ! Courage, nous allons nous en sortir ! Athéna nous aidera ! Nous ne devons pas faiblir.

Les quatre compagnons désignés s'emparent de

l'épieu, durci à la flamme, et l'enfoncent dans l'œil du Cyclope.

Moi, placé juste en dessous d'eux, je les aide à le tourner, comme on fore une poutre pour un bateau. Nous tournons de toutes nos forces, et le sang gicle autour de l'épieu brûlant. La paupière et son sourcil grillent aussi. Le Cyclope, soudain, rugit de douleur et la roche tremble sous son cri. Nous nous enfuyons de tout côté. Il arrache l'épieu, le sang coule partout. Il appelle, affolé :

— À l'aide ! À l'aide !

Et les Cyclopes, aux alentours, l'entendent et accourent.

— Qu'as-tu, Polyphème, à crier ainsi dans la nuit ? Tu nous empêches de dormir.

Mais lui hurle de plus belle !

— Est-ce que quelqu'un te vole tes bêtes, ou bien est-ce qu'un homme essaie de te tuer, par la ruse ou par la force ?

Polyphème leur répond :

— Mes amis ! Qui me tue par la ruse ? Personne !

Et il gémit de douleur. Les autres, dehors, ne comprennent pas.

— Puisque tu es tout seul, et que personne ne t'agresse, nous ne pouvons rien pour toi. Tu deviens fou, c'est une maladie envoyée par Zeus, implore plutôt ton père, le dieu Poséidon, de te guérir.

Et, sur ces conseils, ils repartent au plus vite dormir.

Si la situation n'était pas aussi dramatique, j'aurais aimé rire de les voir abusés par mon nom, par ma personne en quelque sorte. Le Cyclope n'en peut plus, il geint. À tâtons, il ouvre la grotte et s'assoit à l'entrée, barrant ainsi le passage. Il pense sans doute que je suis assez bête pour essayer de sortir avec les troupeaux !

Comment allons-nous faire ? Quelle ruse imaginer ? Nos vies sont en jeu... Les béliers ! Certains sont grands et gras, avec une toison de laine bien fournie ! Si je les attache trois par trois, je peux dissimuler un homme sous le ventre de celui du milieu, en le liant avec des tiges d'osier. Chaque homme sera ainsi porté par trois béliers. Moi, je pourrais m'accrocher par les mains à la laine du plus gros, sous son ventre. Il n'y a pas d'autres solutions.

Nous attendons l'aube avec inquiétude. Dès qu'ils le peuvent, les béliers bondissent pour sortir dans les pâturages, et les femelles, les pis gonflés, bêlent de douleur, le Cyclope ne les ayant pas traites. Polyphème souffre de sa blessure ouverte, et son visage effrayant est maculé de sang. Il palpe le dos de chaque bête qui passe devant lui. J'avais raison, il est trop fruste pour deviner qu'un homme est attaché sous le poitrail. Mon bélier, enfin, se dirige lentement vers la porte de la grotte, tant il est alourdi par sa laine, mais aussi par le bon poids d'un homme rusé.

Je vais enfin sortir, quand soudain Polyphème retient son bélier.

— Pourquoi es-tu le dernier à sortir aujourd'hui, alors qu'habituellement, tu es toujours le premier au pâturage, le premier à boire dans le fleuve ou à revenir dans l'enclos chaque soir ? Aurais-tu pitié de moi ? Ton maître a eu l'œil crevé, par un homme perfide qui l'a enivré. Un dénommé Personne qui, crois-moi, n'est pas encore hors de danger. Si tu pouvais parler, tu me dirais, toi, où il se cache, et je lui fendrais le crâne, pour lui faire sauter la cervelle, et, ainsi, je serais vengé de ce que Personne m'a fait.

Pendant qu'il parle ainsi au bélier, la jointure de mes doigts accrochés à la laine de son ventre est si douloureuse que j'ai peur de lâcher prise. Mais le Cyclope pousse enfin le bélier dehors !

Dès que nous sommes loin de la grotte, je me laisse tomber et je détache mes compagnons.

— Poussons le troupeau devant nous jusqu'au bateau. Il ne sera pas dit que je ne pillerai pas aussi Polyphème le Cyclope !

À bord du navire, ceux qui nous voient arriver de loin constatent vite que nous ne sommes plus que six. Et, apprenant la mort horrible de leurs compagnons, ils pleurent sans retenue.

— Embarquez le troupeau et levez l'ancre pour reprendre la mer !

Aussitôt, les rameurs s'installent à leur place, et le navire glisse, rapide, sur les eaux.

Blessé dans mon orgueil, sans doute, ou ultime vengeance, dès que je suis encore à portée de voix, j'interpelle le Cyclope :

— Polyphème, mes compagnons que tu as tués avec tant de violence dans ton antre n'étaient pas ceux d'un lâche. Tu es aveugle, c'est le prix à payer pour tes crimes, toi qui dévores tes hôtes. Les dieux t'ont châtié.

De colère, Polyphème arrache la cime d'une grosse montagne et la lance sur nous. La roche tombe dans la mer juste à l'avant du navire, manquant de peu la proue. Mais sa chute provoque un énorme remous, qui ramène dangereusement le bateau vers le rivage. Moi, de fureur, j'empoigne une gaffe et le repousse vite au large.

— Dégagez le bateau !

Tous se ploient en cadence sur leurs rames. Lorsque nous sommes beaucoup plus loin, j'appelle encore le Cyclope.

— Arrête, Ulysse, tu ne fais qu'augmenter la colère de ce monstre ! Nous allons tous mourir fracassés par les rochers, et si le bateau revient au rivage, cette fois, Polyphème nous fendra le crâne !

Peine perdue, ils me supplient en vain, je ne veux rien entendre. Je continue sûr de moi, poussé par ma rancune.

— Cyclope, si jamais quelqu'un, un mortel, te demande qui t'a crevé l'œil, dis-lui que c'est Ulysse, le fléau des villes. C'est lui qui t'a rendu aveugle. Ulysse, fils de Laërte, et noble citoyen d'Ithaque.

— Ainsi, les prophéties de Télémos[1], le devin, s'accomplissent, gémit alors le Cyclope. Il m'avait prédit ce qui vient d'arriver, mais je croyais, moi, qu'Ulysse était un fier guerrier, et non un lâche, un misérable, un petit homme de rien du tout, qui n'a réussi à me crever l'œil qu'en me faisant boire. Mais viens un peu, j'ai encore un cadeau pour toi : attends que je demande la route de ton retour au Maître des Tremblements et des Eaux, mon père.

« Écoute-moi, Poséidon, aux cheveux bleus couleur de mer. Si je suis vraiment ton fils comme tu le prétends, empêche Ulysse, fléau des villes, de rentrer chez lui. Mais, si c'est son destin de revenir dans sa patrie et de revoir les siens, que ce soit après bien des épreuves, sur un autre bateau que le sien. Qu'il souffre jours et nuits, que tous ses compagnons meurent, et qu'une fois chez lui, d'autres peines le poursuivent encore.

Sa malédiction proférée, Polyphème arrache un autre bloc de pierre à la montagne et le lance à la mer, nous manquant encore de peu.

Sur l'île voisine, près des bateaux, les équipages, impatients, attendent le récit de nos exploits. Comme preuve, je débarque les bêtes du Cyclope et nous en faisons aussitôt un juste partage. Mais mes fidèles compagnons d'armes tiennent à me donner en plus le bélier. Je le sacrifie sur la grève et l'offre à Zeus, lui qui

1. Télémos est le devin des Cyclopes, qui avait prédit à Polyphème qu'il serait aveuglé par Ulysse.

règne sur le monde. Et, pour contrecarrer la malédiction de Polyphème, je fais aussi brûler la graisse de deux cuisseaux d'agneau en l'honneur de Poséidon. Puisse-t-il accepter mon offrande !

Ce soir, nous dormirons sur la plage une fois encore, avant de reprendre la mer, heureux d'être encore en vie, mais affligés par la mort de nos six compagnons.

*

* *

Ulysse, comme chaque jour, se tient seul sous l'olivier. La chaleur oppressante envahit l'ombre. Les criquets dans les herbes se sont tus, et l'on dirait que la mer brillante est figée dans la moiteur de l'été. Les bateaux rentrent au port, les voiles affalées. Le ciel pousse ses nuages ardoise comme un troupeau menaçant. L'orage approche.

Combien de fois cette image des hommes déchiquetés a-t-elle hanté Ulysse ? Combien de fois a-t-il entendu leurs cris fous ? Avait-il le droit de les entraîner vers cette mort horrible ? Fallait-il vraiment attendre le Cyclope dans la grotte, et risquer d'être dévorés... ? Des fromages, des brebis et des chèvres, voilà le butin qui avait autrefois coûté la vie de ses six compagnons. Ulysse n'avait-il pas été dévoré, lui aussi, par son propre orgueil, et aveuglé par son arrogance de guerrier victorieux, de héros de Troie ? Pourquoi avait-il interpellé le

Cyclope, lui livrant en pâture son nom, et compromettant ainsi ses chances de retour ? À moins qu'il n'ait été naïf ; les monstres transgressent toujours les lois des hommes, c'est pour cela qu'ils sont des monstres. Mais le pays des Cyclopes rend aveugle, comme celui des Lotophages fait perdre la mémoire...

Au loin, l'orage gronde, Ulysse, sur le chemin du retour, presse le pas. Les feuilles claires des arbres sont brusquement arrachées. Le vent s'engouffre dans les ravines escarpées de la montagne. Il répond en hurlant au tonnerre. Qui, mieux qu'Ulysse, sait que les hommes parfois s'aveuglent eux-mêmes, et qu'il leur faut alors assumer, seuls, les conséquences de leurs actes ? Il fait à peine jour lorsque Ulysse reprend le sentier de l'oliveraie, pour s'asseoir sur le rocher. Les chèvres sont encore dans les enclos. La pluie a raviné la terre trop sèche. Le vent a tourné. Avoir la force jusqu'au bout de ce voyage de retour, ne rien oublier, ni ce qu'il a fait de bien ni ce qu'il a fait de mal, rendre justice aux hommes et aux dieux, tel est pour Ulysse, dans le petit matin brumeux, ce qu'il considère comme son devoir, afin que tous puissent juger l'histoire de sa vie.

5

L'aide précieuse d'Éole, le maître des vents

— Que le festin en l'honneur de mon hôte illustre continue ! Apportez les viandes grasses, les petits oiseaux sauvages, les anguilles, les calamars, et toutes sortes de mets délicats ! Resservez du vin doux comme le miel dans les cratères d'argent, et toi, Ulysse, continue ton récit. Je veux entendre les exploits des hommes. Que font-ils, partent-ils à la guerre ou labourent-ils leur terre brune ? Sur quelles mers courent les héros ? Mon île, tu l'as vu, est entourée de falaises de pierre, qui se dressent comme une muraille de bronze infranchissable. Je suis isolé des bruits du monde. Informe-moi, que se passe-t-il en mer ? As-tu croisé d'autres navires ? Je ne sais pas qui a poussé les tiens jusqu'à moi mais, tant que je ne connaîtrai pas la fin de ton histoire, reste auprès de moi, je veux pouvoir imaginer tout ce que tu as vécu. N'omets aucun détail, les villes, les paysages et même les pillages.

— Éole, fils d'Hippotès, toi à qui Zeus a confié la garde des vents, depuis tous ces jours où je profite de ta générosité, dans ton palais, tu connais mes exploits et mes souffrances sur la mer profonde. Tu m'as interrogé sur Troie, sur les vaisseaux grecs, sur les épreuves de ce retour, que pourrais-je ajouter d'autre... Je n'avais jamais autant goûté les plaisirs de la fête avant d'aborder ton île de Lipari[1]. De jour comme de nuit, tu nous as comblés, moi et mes compagnons. Cela faisait bien longtemps que nous dormions à la belle étoile, sur le pont du bateau ou sur le sable humide des grèves. Tes lits, aux draps parfumés de benjoin, nous ont fait oublier nos souffrances, la meurtrissure des corps peinant sans relâche pour mener les navires. Pourtant, il faut que je pense à présent au retour, et je demande ton aide. Mais avant, je souhaite que tes fils, à qui tu as fait épouser tes filles pour assurer la paix, offrent une longue postérité à ta dynastie.

Et, tandis que le vin réjouit nos âmes, Éole accepte d'organiser notre retour.

Dès l'aube, Éole écorche un taureau de neuf ans en sacrifice aux dieux, comme le veut la coutume, car le

1. Au large de la côte septentrionale de Sicile, dans la mer Tyrrhénienne.

nombre neuf est sacré. Il représente le temps des efforts nécessaires pour accomplir un cycle, et en ouvrir un autre. Que notre retour sur la mer enfin s'achève, et qu'une nouvelle vie sur le sol de notre patrie commence.

— Ulysse, puisque ton destin est de revoir les tiens à Ithaque, j'ai enfermé dans cette outre de cuir tous les vents hululants qui pourraient t'entraîner vers des gouffres amers. Sois sans crainte, la voilà attachée au fond de ton bateau avec un solide fil d'argent, et aucun souffle ne pourrait en sortir.

Puis Éole nous envoie Zéphyr, le vent de nord-ouest. Il gonfle nos voiles et emporte au loin nos bateaux et les équipages.

Neuf jours et neuf nuits, je m'accroche au gouvernail pour garder le cap, le regard fixé sur l'horizon éblouissant, où le soleil se réverbère à l'infini. La nuit, je me repère aux étoiles pour suivre ma route. Le navire file, rapide, et sa proue bleue avale les vagues. Mes yeux sont douloureux, je suis fatigué, et tout mon corps est engourdi. Mes mains et mon visage sont brûlés par le sel des embruns, mais je tiens bon. J'ai refusé que mes compagnons me relaient à ce poste. Ils admirent ma ténacité et disent qu'à la ruse, il faut ajouter l'endurance : Ulysse l'endurant ! En réalité, je veux être certain, cette fois, de revenir à Ithaque.

À l'aube du dixième jour, enfin, quelqu'un crie :

— Terre !

Les hommes hurlent de joie. Nous apercevons des hommes, et la fumée des foyers qui, au-dessus des toits, monte vers le ciel ! Terre ! Notre belle terre d'Ithaque, enfin ! Peut-être que, là-bas, sur les chemins escarpés au-dessus du port, aperçoit-on aussi nos bateaux ?

Je vais retrouver mon fils, comme il aura grandi ! Me reconnaîtra-t-il ? Sera-t-il fier de moi ? Pénélope a-t-elle changé, et mon père prend-il toujours soin de son verger ? Qu'est devenu mon bon chien de chasse ? Ému de revoir au loin ma terre, et épuisé après tant d'effort, je cède alors le gouvernail et, confiant, je m'endors sur le pont.

À bord, chacun commence à recenser son butin. Les hommes sont excités et parlent tous en même temps :

— Je parie qu'au fond du bateau, le cadeau d'Éole pour Ulysse, c'est de l'or ! Un plein sac d'or.

— C'est vrai qu'il est aimé et respecté ! Regardez les trésors qu'il rapporte de chaque ville où l'on a débarqué !

— Remarquez, le pillage de Troie aurait pu lui suffire !

— Moi, je crois plutôt que ce sont des cratères en argent, pour boire le vin du prêtre d'Apollon, Maron, vous vous souvenez, sur l'île des Cicones ?

— Il pourrait partager, nous avons fait la même route que lui, non ? Pourquoi aurait-il une part plus grande ?

— Si l'on regardait ce qu'il cache dans cette outre ?

Les uns poussant les autres, la jalousie ou la cupidité faisant le reste, mes compagnons dénouent sans bruit le nœud qui ferme l'outre attachée dans la cale. Brusquement, tous les vents sautent dehors en hurlant. Que se passe-t-il ? Mes compagnons, blêmes de peur, ne peuvent articuler un mot, les vents rugissent, tourbillonnent, s'allient pour former un terrible ouragan. Les navires tournent sur eux-mêmes et, sans que l'on puisse réagir, ils sont entraînés au large ; les vagues déferlent ; nous n'arrivons pas à affaler les voiles. Elles se déchirent. Les hommes, impuissants, pleurent comme des enfants !

Non ! Plutôt mourir ! Je vais me jeter à la mer, fuir cet insupportable destin ! Oublier mes exploits, mes ruses, oublier ma patrie et ceux que j'aime. Tant d'efforts, de luttes, d'espoirs pour rien, anéantis en un instant.

Mais je reste à bord, couché à même le pont blanc d'écume, replié sur moi-même, le visage caché dans mes mains. Sans un mot, je subis l'horreur de ma vie.

Sans doute parce qu'Éole ouvre ou ferme la route des mers au gré des vents, ceux-ci nous ramènent de bourrasque en bourrasque chez leur maître, notre point de départ, l'île de Lipari. Les hommes sont encore sous le choc de ce retour manqué, comme si c'était la volonté des dieux que nous errions sans fin. Ils descendent des navires à la hâte, faire provision de vivres et remplir les outres d'eau fraîche ; quant à moi, je pars avec un compagnon et j'envoie un héraut pour porter le message de mon arrivée au palais d'Éole. Voudra-t-il encore m'aider ?

— D'où viens-tu, Ulysse, pourquoi es-tu revenu sur notre île ? Quel dieu te persécute ? Nous avions pourtant tout organisé pour que tu retournes dans ton pays, dans ta maison, et là où tu voulais.

Éole me regarde avec méfiance, et ses enfants étonnés ne disent pas un mot. Comment le convaincre ?

— Je voyais déjà les côtes d'Ithaque quand je me suis endormi ; j'aurais dû veiller, mais j'étais épuisé, après neuf jours de traversée, à tenir seul le gouvernail... Qui ne l'aurait pas été ? Maudits soient mes compagnons ! Ils en ont profité pour ouvrir l'outre des vents, libérant ainsi la force de leurs tempêtes. Aidez-moi, mes amis, aidez-moi à repartir, donnez-moi encore une chance !

Mais Éole, aussitôt, s'emporte :

— Décampe de mon île au plus vite, hors d'ici, rebut des vivants ! Je n'ai pas le droit d'aider ni de guider un homme que les dieux bienheureux poursuivent de leur haine !

J'ai beau le supplier, rien n'y fait, il me chasse comme un maudit ! Nous reprenons la mer, abattus, désespérés. Le courage des marins, à ramer, s'use en vain. Au loin, nous n'apercevons aucun secours.

6

Sur l'île des Lestrygons, un peuple anthropophage

À l'aube du septième jour, nous cherchons toujours, d'un bord à l'autre, une île, des côtes familières ou un passage, qui nous permettraient de retrouver d'autres routes marines. Mais soudain, face aux proues effilées de nos douze navires, les contours d'une citadelle perchée sur les hauteurs se dressent dans le lointain.

— Attention ! La passe pour rentrer au port est étroite, avec les énormes falaises rocheuses des deux côtés. Amarrez les bateaux bord à bord au fond de l'anse, là, il n'y a pas de danger, c'est le calme plat. Moi, je laisse mon navire à l'entrée du port, je trouverai bien un rocher pour accrocher les amarres !

Dès que les manœuvres sont terminées, je grimpe

sur une des falaises. Aucun champ cultivé ni jardins, pas de fumée, non plus, qui aurait indiqué des maisons habitées. Où avons-nous accosté ?

— Deux éclaireurs pour vérifier quel pain on mange ici ! Qu'un héraut vous accompagne pour demander l'hospitalité. À vous trois, vous saurez bien nous dire où l'on est et chez qui !

Les trois hommes suivent la piste des chars, qui transportent le bois de la montagne à la cité, et arrivent enfin à l'entrée de la ville. Une jeune fille grande, forte, costaude, puise de l'eau. Impressionnés par sa taille, ils décident pourtant de l'interroger.

— Ici, c'est le pays des Lestrygons, mon père, Antiphatès, en est le roi. Son palais se trouve un peu plus haut dans la ville.

Rassurés, les trois éclaireurs entrent dans la cité, en riant entre eux de leur rencontre gigantesque. Mais, au palais, une femme aussi corpulente qu'une montagne les attend. Ils n'ont pas le temps de se méfier qu'elle s'empresse déjà de faire appeler son époux, qui discute sur la place publique. À peine est-il arrivé qu'il se jette sur les hommes, en attrape un, le broie et le mange. Aussitôt, les deux autres, terrorisés, s'enfuient pour rejoindre les navires.

Mais Antiphatès lance son cri de guerre, et les Lestrygons par milliers surgissent de tout côté, prêts aux combats. Ils n'ont rien d'humain, ce sont des monstres proches des Géants. Dès qu'ils aperçoivent nos navires bien rangés dans le port, ils les bombardent d'énormes blocs de roche. Aucun homme ne pourrait les soulever. C'est un déluge de pierres, et les bateaux se trouvent pris au fond du port dans un piège mortel. Ce ne sont que cris de détresse et hurlements de douleur. Les hommes à bord sont écrasés, massacrés, les bateaux fracassés, et leur cargaison de butins et d'esclaves, engloutie. Ceux qui sont tombés à la mer, les Lestrygons les harponnent comme des thons, pour un festin barbare de chair humaine. Quel homme pourrait manger un autre homme, sans que son peuple à l'unanimité le condamne ? Ici, tous les Lestrygons sont des monstres. La mer est rouge, et les épaves des navires, éventrés, flottent dans ce bain sanglant.

Impossible de leur porter secours, je n'ai qu'une chose à faire, si je veux sauver mes hommes et mon bateau, trancher les amarres avec mon épée.

— Ramez de toutes vos forces, nous allons tous être massacrés ! Nous hisserons le mât et les voiles au large !

Mes compagnons ont tellement peur de mourir, que les rames, en frappant, font écumer la mer. Je n'ai pas d'autre choix : fuir, tandis que là-bas le carnage continue, c'est tout un peuple qui mange ses ennemis.

Nous reprenons la mer, abattus et prostrés, sans doute secrètement heureux d'être encore en vie, mais nous pleurons, tous, la mort de nos compagnons.

Sur les douze navires qui ont quitté Troie pour revenir au pays, seul le mien affronte encore la mer. Je suis maudit, ainsi s'accomplit la vengeance de Polyphème.

Poséidon me poursuivra de sa haine où que je sois et quoi que je fasse. Car s'il commande à l'empire des flots, il a aussi le pouvoir d'ébranler la terre, de fendre les montagnes et de projeter les roches dans la mer pour qu'elles forment des îles.

*

* *

Fallait-il abandonner un combat inégal contre un dieu si puissant ? Fallait-il renoncer à revenir à Ithaque ? Il ne s'agissait plus, ici, de mourir en héros dans le fracas des boucliers, dans celui des guerriers ennemis qui s'affrontent. Par deux fois, mes hommes avaient été engloutis dans les entrailles de monstres sans foi ni loi. Le monde humain, celui où l'on cultive le blé, celui où les gens mangent le même pain et rendent un culte aux dieux, celui où l'on respecte les lois de l'hospitalité, ce monde-là n'existait plus. La barbarie pouvait resurgir à tout moment, à chaque escale, du plus profond des mers. Mais la barbarie ne naît-elle pas aussi dans les entrailles de l'homme ?

Dès l'aube, Ulysse est encore au rendez-vous de ses souvenirs, pâle dans le petit matin, inquiet de démêler les fils de son histoire, car il y découvre peu à peu un tout autre sens. À courir sur des mers inconnues, à traverser la mort, à rencontrer l'inhumain, il s'est endurci, lui que l'on surnomme l'endurant. Ce n'est pas facile, en se retournant vers son passé, de comprendre qui l'on est. N'avait-il pas présumé de ses forces et, comme un guerrier orgueilleux, cherché les combats plus que la prudence ? Pourquoi, chez les Lestrygons, Ulysse n'avait-il pas laissé tous les bateaux hors du port ? Qu'avait-il fait de sa ruse tant chantée par les poètes ?

« Tel était leur destin », voilà ce qu'il se répétait en secret depuis de longues années. « Tel était leur destin. » Qui pourrait lire, sur son visage impassible de héros, les atrocités qu'il a vécues et celles qu'il a commises ? Ulysse, soudain, se lève, la mer s'embrase au coucher du soleil, il frémit. Un instant, il l'a crue tachée de sang. Pourquoi les dieux ont-ils permis tout cela, le malheur des hommes ?

7

Pour les beaux yeux d'une magicienne, Circé

— Tirez les bateaux sur la plage en silence, et restez groupés !

Pendant deux jours et deux nuits, nous restons couchés près des flancs noirs du bateau, rongés d'angoisse et de fatigue.

Le troisième jour, je prends mon épée et mon javelot, et grimpe sur un rocher, espérant cette fois encore apercevoir des jardins ou entendre des voix. Dans le lointain, je vois une haute fumée monter du sol vers le ciel, sans doute celle d'un palais entouré d'une forêt. Mes compagnons, affaiblis et affamés, sont assoupis sur le sable. Certains gémissent en dormant. À quoi servirait une expédition dans ces conditions ? Je ne peux plus perdre d'hommes par imprudence. Il faut qu'ils mangent et reprennent confiance. Je saisis mon javelot et ma lance, et pars chasser. Les dieux sont avec moi, ils m'envoient un immense cerf que je tue de mon javelot d'airain. C'est une bête énorme ; je l'emporte au bateau.

— Mes amis ! ce n'est pas encore aujourd'hui que nous descendrons au royaume d'Hadès, le terrifiant et impitoyable souverain des Enfers que nous haïssons tous ! Regardez ce que je vous apporte, nous ne mourrons pas de faim !

Alors, tout le jour, jusqu'au coucher du soleil, nous mangeons de la viande à satiété et buvons du vin doux.

Le lendemain, au petit matin, je réunis mes hommes en grimpant sur un rocher. J'ai vu que l'île était basse et isolée. J'ai aussi aperçu une fumée, au milieu d'un grand bois de chênes, il me faut des hommes pour aller en reconnaissance. Mais, aussitôt, mes compagnons m'interrompent.

— Pas question de te suivre cette fois. Trop d'hommes ont été massacrés pour avoir exploré l'île des Cyclopes et celle des Lestrygons. Nous, nous voulons revoir Ithaque !

Sans écouter Euryloque[1], j'ordonne :

— Divisons-nous en deux camps. Toi, Euryloque, tu commanderas l'un, et pour l'autre, je choisis mes

1. Époux de Ctimène, sœur d'Ulysse, et donc son beau-frère.

guerriers. Ils partiront avec moi. On va tirer au sort pour savoir qui, des deux camps, ira en reconnaissance. Mettez les noms dans un casque, et que le plus jeune tire au sort.

— Euryloque ! C'est à toi d'explorer l'île, escorté de tes vingt-deux hommes !

Les compagnons partent en pleurant, mais qui pourrait se réjouir d'aller au-devant de la mort ?

Quelques longues heures plus tard, Euryloque revient seul, essoufflé. Il court vers moi jusqu'au navire.

— Que s'est-il passé ? Euryloque, raconte, par Zeus !

— Après quelques heures de marche, nous découvrons, au fond d'un vallon, un palais, dans une clairière. Il n'y a pas de gardes aux portes ni de murailles pour le protéger. À proximité, des fauves, des loups et des lions, vont et viennent. Dès qu'ils nous flairent, ils s'approchent. Effrayés, nous avons déjà tiré nos épées, prêts à les combattre, mais ils nous encerclent sans sauvagerie, comme s'ils étaient apprivoisés. Mes hommes tremblent de peur, je leur ordonne de se replier vers les arbres. Nous avons à peine reculé de quelques pas, que nous entendons soudain une voix. Une voix claire, cristalline, qui chante une chanson de toile, celle que nos femmes entonnent en tissant leur ouvrage. Les fauves, alors, se dispersent et disparaissent. Je demande aux hommes de rester sur leurs gardes. Mais la voix, la voix !...

— Eh bien quoi, la voix ? je l'interromps, impatient.

— La voix est si douce, si mélodieuse, si ensorcelante, que la curiosité excite mes hommes ! Est-ce une femme, une déesse ? Un de mes compagnons propose : « Appelons-la ! » Et c'est ce qu'ils font tous ! Aussitôt, une femme accourt, elle ouvre les portes étincelantes de son palais. « Entrez, venez, approchez, acceptez mon hospitalité », les invite-t-elle, et elle chante encore. Les hommes se bousculent pour entrer, avant même que j'aie pu le leur interdire. Elle les flatte, les fait asseoir sur des trônes d'argent, comme des rois... Bientôt, ils s'attablent en sa compagnie pour prendre du vin mêlé de miel, de farine et de fromage. Ils boivent, trop empressés de se réjouir avec elle. Soudain, d'un coup de baguette, les voilà métamorphosés en cochons. Ils grognent, remuent leur queue et leur groin. Ils sont devenus des bêtes, mais leur âme est intacte. Je les entends gémir et pleurer comme des humains, tandis qu'elle leur jette dehors des faînes et des glands, et qu'ils se battent pour en manger. Puis elle les parque dans des enclos. J'ai tout vu : le philtre qu'elle a versé dans leur boisson, mes compagnons métamorphosés. Maintenant, je sais où nous sommes : sur l'île d'Aiaié. Et chez qui, j'ai entendu son nom : Circé. Son père, c'est Hélios, le Soleil, et sa mère, Persé, la fille d'Océanos. Circé est une déesse, mais surtout une sorcière, qui possède de nombreux sortilèges. Jamais nous ne reverrons nos compagnons. Ils sont bons désormais à se vautrer dans la boue et à tenir compagnie aux loups et aux fauves, sans doute d'autres humains, métamorphosés eux aussi.

— Vengeance, il faut les venger !

Mon sang ne fait qu'un tour, je jette sur mes épaules mon grand glaive de bronze à clous d'argent et passe mon arc par-dessus.

— Euryloque, emmène-moi dans cette clairière !

Mais il est à bout de forces et de nerfs.

— Fuyons ! hurle-t-il, les yeux exorbités. Fuyons, pendant qu'il est encore temps ! Nous avons laissé trop de morts derrière nous. Tu n'arriveras pas à les ramener ici, ce sont des porcs maintenant, tu ne comprends pas !

Et il éclate en sanglots.

— Reste au navire, Euryloque, tu as des vivres et tu peux tenir quelques jours, moi, je dois les sauver.

Mais comment affronter les sortilèges d'une magicienne capable de changer des hommes en bêtes ? La ruse et la force des hommes sont peu de chose en comparaison de celles des dieux.

Soudain, au détour du chemin, surgit un mystérieux jeune homme. C'est le dieu Hermès ! Je le reconnais à sa baguette d'or, dont il ne se sépare jamais, un cadeau du dieu Apollon. Viendrait-il à mon secours ? Si Hermès est le berger du ciel sur la terre, il garde aussi les hommes et guide même les âmes des morts sur le chemin de l'Enfer. Je sais qu'il connaît la magie, peut-être veut-il s'affronter à Circé. Sort contre sort !

— Où vas-tu ainsi, malheureux ? Seul, ici, sans connaître les lieux ! Tu ne sais pas que tes compagnons sont chez Circé, parqués comme des porcs dans des cachettes bien gardées. Tu crois pouvoir les délivrer, mais avant d'avoir fait un geste, tu seras transformé à ton tour en cochon ! Moi seul peux t'aider et te sauver de ses pièges ensorcelants. Prends cette herbe de vie, dont la racine est noire et la fleur blanche comme du lait, les dieux l'appellent moly, et les mortels ont bien du mal à l'arracher. Elle te protégera contre la magie de Circé. Maintenant, je vais te révéler ce que tu dois faire : Circé te proposera de boire avec elle un mélange de sa composition, une drogue en réalité. Puis elle te touchera de sa baguette, croyant que tu vas te transformer toi aussi en porc. À ce moment-là, sors le glaive que tu portes le long de ta cuisse, et saute sur elle pour la tuer. Elle aura si peur qu'elle te proposera de coucher avec elle. Surtout, ne refuse pas, c'est le seul moyen de sauver tes compagnons. Une fois nu, tu seras vulnérable, alors fais-lui promettre de ne pas t'ôter ta virilité. Souviens-toi de ce que je t'ai dit !

Et sur ces avertissements, Hermès rejoint l'Olympe, la demeure des dieux, la montagne la plus haute du monde.

À moi d'agir maintenant. Je suis inquiet, si j'échoue, mes compagnons se vautreront dans leur bestialité à tout jamais !

À l'entrée du palais, comme mes hommes, j'entends la voix de Circé, si douce, séduisante, cristalline. Dès que je l'appelle, elle m'ouvre tout grand ses portes ! Elle croit m'attirer dans un piège, et je la suis. Ensuite, tout va très vite, comme Hermès me l'a décrit. Elle prépare une drogue qu'elle verse dans une coupe. Je la bois et, aussitôt, elle me touche avec sa baguette.

— À la porcherie maintenant, toi aussi ! Va rejoindre les autres !

Mais je tire mon glaive et saute sur elle pour la tuer. Circé, effrayée, hurle et se jette à mes genoux.

— Qui es-tu ? D'où viens-tu ? Qui sont tes parents ? Aucun mortel ne peut résister à mes sortilèges ! Quels sont donc tes pouvoirs ? Es-tu cet Ulysse dont m'a parlé Hermès ? Il m'a annoncé qu'il viendrait sur mon île, à son retour de Troie, à bord d'un navire à la proue effilée. Rengaine ton glaive, et profitons plutôt dans mon lit des plaisirs de l'amour !

Et ce disant, elle essaie de m'attirer dans sa chambre.

— Circé ! Comment veux-tu que je te désire alors que tu as transformé tous mes compagnons en porcs ! Tu cherches à me séduire pour que je couche dans ton lit, avec toi. Mais qui me dit qu'une fois nu, tu ne m'ôteras pas ma virilité ?

Circé me jure que je peux avoir confiance en elle, alors je me laisse charmer, et la porte de sa chambre se referme sur nos amours.

Le soir venu, ses servantes, selon les traditions d'hospitalité, m'ayant baigné et frotté d'huiles parfumées, m'offrent un manteau et une tunique de lin finement tissé. Depuis combien de temps n'ai-je pas porté un vêtement propre et digne de mon rang ? Puis Circé m'invite à sa table. Mais mon esprit est ailleurs.

— Qu'as-tu, Ulysse, à rester muet, à te ronger le cœur ainsi ? Tu ne manges pas ? Tu as peur que je t'ensorcelle, mais pourquoi, puisque je t'ai juré que non !

— Comment pourrais-je goûter tous ces mets délicieux, pendant que mes hommes mangent des faînes et des glands dans ta porcherie ? Tu m'invites à ta table et tu prétends m'aimer, prouve-le-moi, délivre mes hommes.

Circé, baguette en main, me conduit jusqu'à la porcherie. Là, je découvre avec stupeur la métamorphose de mes compagnons. Ils sont devenus aussi gras que des porcs de neuf ans ! Elle leur enduit le corps d'une autre drogue, une sorte de contrepoison et, aussitôt, ils redeviennent eux-mêmes plus jeunes et même plus beaux qu'avant.

— Ulysse, tu nous as sauvés ! s'écrient-ils en chœur. Comment te remercier ?

Et ils m'étreignent en pleurant. Même Circé, je crois, semble émue, et la tendresse lui va si bien...

— Ulysse, ne repars pas encore sur la mer incertaine, reste avec moi ! Toi et tes hommes, tirez votre bateau sur la grève et déposez vos biens à l'abri, dans une grotte voisine, et puis reviens avec tes fidèles compagnons, reviens-moi.

Comment lui résister ? Elle est si belle...

Dès que j'arrive au navire, les hommes m'interrogent, inquiets :

— Nous ne pensions pas te revoir si vite, que sont devenus les autres ?

— Je vais tout vous raconter, mais tirons d'abord le bateau sur la grève. Nous sommes les invités de la déesse Circé, qui connaît les lois bienveillantes de l'hospitalité !

— En transformant les gens en porcs ! m'interrompt Euryloque. Mais au-devant de quoi allez-vous, malheureux ! Ne l'écoutez pas ! Circé nous métamorphosera, nous aussi, pour lui tenir compagnie dans son beau palais. Nous n'aurions pas dû, non plus, attendre le Cyclope dans son antre. C'est Ulysse qui nous a pourtant obligés à y rester. À cause de son entêtement et de son orgueil, nos compagnons sont morts.

— Un mot de plus, Euryloque, et je te tranche la tête !

Je dégaine déjà mon glaive, mais mes hommes interviennent.

— Arrête, Ulysse, laisse Euryloque ! Il faut quelqu'un pour garder le navire, ne l'oblige pas à venir avec nous !

Mais finalement Euryloque nous suit chez Circé...

— Mangez, buvez ! Je sais ce que vous avez enduré. Vous êtes fatigués, abattus, obsédés par vos errances et par la mort. Profitez de mon hospitalité jusqu'à ce que vous soyez remis de vos souffrances et aussi heureux qu'autrefois à Ithaque.

Une année de délices s'écoule ainsi sur l'île d'Aiaié, auprès de Circé, la magicienne, et le printemps revient doux et léger. Mais les hommes livrés à eux-mêmes trouvent le temps long, loin des leurs, ils ont le mal du pays.

— Ulysse ! Il est temps de rentrer. Oublierais-tu ta patrie, à t'attarder ainsi dans les bras de Circé ? Ce n'est pas ton destin. Tu dois reprendre la mer !

Ils ont raison, je dois revenir à Ithaque ! À la nuit tombée, je demande à Circé de m'aider. Mais ai-je vraiment envie de quitter ma déesse merveilleuse ? Ici, tout n'est que luxe, calme et volupté. Pourtant, je lui avoue :

— Circé, le temps est venu de tenir ta promesse ! Je dois partir, mes compagnons me le demandent.

Triste, elle me répond à mi-voix :

— Ulysse ! Je ne te retiendrai pas ici malgré toi, et tes compagnons non plus. Je savais bien qu'un jour, tu devrais repartir. Seulement, j'espérais en secret que tu oublierais ta terre et ceux que tu as laissés là-bas ! Mais, avant de retrouver ton pays, une autre épreuve t'attend, les dieux l'ont décidé ainsi. Tu dois te rendre dans la demeure d'Hadès, souverain absolu du monde souterrain. Il ne quitte jamais ni son palais aux Enfers ni son trône d'ébène et de soufre. Tu verras aussi Perséphone, sa nièce, qu'il a enlevée autrefois, à l'endroit même où elle cueillait des fleurs, sans se douter de rien. Perséphone a été engloutie dans les profondeurs de la Terre et ne revient à la lumière qu'une fois par an, au printemps. Là-bas, tu consulteras l'âme de Tirésias, un devin aveugle, originaire de Thèbes, en Béotie. Il a beau être mort, Perséphone lui a accordé une sagesse éternelle. Les autres défunts ne sont, eux, que de pâles fantômes.

Surpris par ces révélations, j'éclate en sanglots.

— Non ! Je ne peux pas ! C'est au-dessus de mes forces. Je préfère mourir que d'affronter vivant le monde des ombres.

Circé ne répond rien, elle sait qu'aucun mortel n'échappe à son destin, tel que l'ont tracé les dieux.

— Qui me guidera dans mon voyage ? Personne, ni homme ni navire, n'est encore parvenu chez Hadès !

— Ne te préoccupe pas de savoir quel pilote te guidera. Lorsque tu auras pris la mer, dresse le mât et déploie les voiles. Borée, le vent du nord, te fera traverser l'Océan. Dès que tu apercevras un rivage bordé par le grand bois de Perséphone, avec des saules aux fruits desséchés et de hauts peupliers, échoue ton bateau, là, près des remous de l'Océan. Ensuite, va trouver Hadès dans son palais morbide. Écoute-moi bien encore. Tu devras accomplir un rituel très précis, ta vie en dépend. Au confluent de deux fleuves, il y a une roche. Tu t'en approcheras et tu creuseras un trou dans lequel tu feras une libation à tous les morts. Procède dans cet ordre : verse d'abord du lait mélangé avec du miel, puis du vin doux, ensuite de l'eau, et enfin de la farine blanche. Ce rite accompli, implore l'esprit des morts, et promets de leur sacrifier ta plus belle génisse sur un bûcher avec d'autres offrandes, dès ton retour à Ithaque. À Tirésias, le devin, offre un bélier noir sans tache. Retiens bien ce que je te dis : quand tu auras fini de prier le peuple des morts, sacrifie un agneau et une brebis noirs dirigés vers l'Érèbe[1]. Tu sais qu'il représente, à lui seul, tous les damnés de la terre, alors, toi, ne regarde surtout pas dans cette direction, mais vers les eaux du fleuve. Après ces offrandes, les âmes de tous les morts arriveront en foule. Ordonne alors à tes amis de brûler, en l'honneur de Perséphone et du puissant Hadès, un bétail qui aura été égorgé, puis écorché. Avec ton épée, surtout maintiens à distance les têtes des morts sans force qui voudraient s'approcher du sang du sacrifice, avant que le devin Tirésias ait parlé ! Si tu accomplis tout ce rituel sacré, alors Ulysse, toi mon grand capitaine, tu verras enfin le devin. Il t'indiquera ta route, les distances à parcourir, et comment revenir par la mer poissonneuse.

Mon sommeil est agité, les paroles de Circé résonnent dans mon oreille. J'ai peur soudain, et je crois voir les morts sans visage qui s'approchent de moi, prêts à m'entraîner dans le monde souterrain. L'aube vient à peine de se lever que Circé m'enveloppe

1. Personnification des ténèbres infernales.

d'une tunique et d'un manteau. Elle porte un fin tissu d'argent, qui la rend plus désirable encore et couvre son visage d'un voile léger, me dérobant ses yeux.

— Il est l'heure de partir ! Réveillez-vous, nous reprenons la mer !

Mes compagnons ravis se préparent à la hâte. Bientôt, ils sont tous au navire. Un homme manque à l'appel : Elpénor. La veille, il a trop bu de vin et s'est couché au frais. Réveillé en sursaut, il se lève, oublie qu'il a dormi sur un toit, tombe et se tue. Est-ce un mauvais présage ? Ainsi, même chez Circé, la mort m'a suivi. Me poursuivra-t-elle ainsi sans fin ?

— Amis ! Écoutez-moi, vous croyez, en rejoignant le navire, repartir pour Ithaque ? Mais il n'en est rien. Nous devons aller, comme Circé me l'a révélé, vers le palais d'Hadès et de Perséphone, au pays des Cimmériens, là où le jour n'apparaît jamais ! C'est le pays de la nuit où commence le monde des Enfers.

Les hommes, effrayés, poussent des hurlements. Certains, horrifiés, s'arrachent les cheveux.

— Pourquoi doit-on aller là-bas, nous allons tous périr !

— Nous refusons de te suivre !

— Mieux vaut rester ici, et tant pis pour Ithaque, au moins nous serons vivants !

— Cessez de vous lamenter, cela ne sert à rien. Nous ne pourrons rentrer dans notre patrie, et revoir nos familles, que si un devin parmi les morts nous révèle la route à suivre. Tel est notre destin.

À contrecœur, les hommes chargent le bétail dans le navire. Circé attache un agneau et une brebis noirs... Et, restée seule sur la grève, elle regarde nos voiles gonflées par le vent de Borée, qui nous emportent au pays des Cimmériens.

*
* *

Les mules, chargées de grains et de fromages, trottinent sur le sentier et disparaissent au loin derrière les oliviers. La brise apporte enfin la fraîcheur de la mer ; tout est calme. Ulysse se souvient des heures douces passées avec Circé. Il était jeune, et la déesse aux beaux cheveux chantait si bien... Le lit voluptueux de leurs amours effaçait la douleur d'un impitoyable malheur. Si la magie d'Hermès vaut bien celle de Circé, les dieux avaient pris un malin plaisir à s'affronter par humains interposés. Lorsque Ulysse aperçoit des porcs sous les chênes d'Ithaque, il ne peut s'empêcher de penser à l'étrange métamorphose de ses compagnons. Celui qui, soudain transformé en bête, redevient un homme, n'est plus tout à fait le même. Il comprend tout à coup ce qui fait la valeur de l'humanité. N'est-ce pas d'ailleurs le sang d'un cochon sacrifié qui lave des souillures du mal ?

Aurait-il dû, pourtant, rester si longtemps auprès de Circé, sachant que Pénélope, sa femme, penchée sur les motifs de sa toile, ne chantait plus, désespérée d'attendre un mari que tout le monde croyait perdu. Et Télémaque qui grandissait sans père. Mais qui peut résister aux amours divines ? Ulysse n'avait-il pas accepté ce compromis pour sauver ses compagnons ? À moins qu'il n'ait eu peur, comme tous les autres hommes, d'affronter son destin, repoussant toujours l'instant du départ, car les heures de bonheur sont éphémères...

Ulysse, comme chaque soir, redescend vers sa haute demeure. Le passé, soudain, lui semble bien proche. Qu'est devenue Circé, l'a-t-elle oublié ? A-t-elle piégé d'autres équipages avec ses sortilèges ? En chemin, il se taille une baguette dans le bois tendre d'un rameau d'olivier et, nostalgique, pousse son troupeau imaginaire.

Ce matin, Ulysse n'est pas venu s'asseoir sous l'olivier. Dans la nuit, il a été pris de tremblements. Les servantes ont laissé sa chambre dans l'ombre. Personne ne sait encore de quel mal obscur il souffre. Il geint en dormant, et lorsqu'il ouvre ses yeux fiévreux, son regard fixe est sans vie. On dirait qu'il est ailleurs, emporté dans un autre monde. Asclépios, le dieu de la médecine, lui apparaîtra peut-être en rêve pour lui dire comment se soigner. Mais qui pourrait deviner qu'aujourd'hui encore, Ulysse se bat contre la foule des morts sans visage et sans nom, qui l'interpellent dans son sommeil ?

8

Voyage aux portes de l'Hadès

— À vous tous, les morts que j'implore, j'offre cette libation, l'offrande rituelle que je verse sur le sol : le lait miellé, le vin doux, l'eau et la farine. Je vous sacrifierai ma plus belle génisse, une fois de retour à Ithaque. Tirésias de Thèbes, toi qu'Athéna a rendu aveugle parce que, par hasard, tu l'as surprise alors qu'elle se baignait, et à qui elle a, devant ton innocence, accordé le don de double vue, voici pour toi un bélier noir sans tache, le meilleur de tout le troupeau ! Peuple des morts, je vous prie encore, acceptez ce sacrifice.

Aussitôt, j'égorge l'agneau et la brebis. Le sang noir coule dans le trou creusé, comme Circé me l'a indiqué.

Et, soudain, les âmes des défunts affluent du profond des Enfers : les âmes des hommes, des femmes, des jeunes et des vieillards, et celles aussi de nombreux guerriers. Ce sont les victimes sanglantes d'Arès, le dieu de la mort violente. Il parcourt sur son char les champs de bataille et tue sans pitié les hommes, avec sa lance de bronze.

Les âmes accourent en foule, autour du trou, près du sang versé. Elles poussent d'effroyables cris que je ne comprends pas. Leur rumeur terrifiante s'amplifie. J'ai peur ! De cette peur verte, qui noue les entrailles. J'ai peur, peur de ne plus revoir le jour, et d'être prisonnier moi aussi de la nuit, de devenir une ombre parmi les ombres.

— Compagnons, à vous d'agir sans perdre de temps ! Écorchez les bêtes que j'ai égorgées, et brûlez-les en l'honneur d'Hadès et de Perséphone. Et vous, têtes sans visage et sans nom de tous les morts, reculez, n'approchez pas du sang du sacrifice !

Je les repousse avec mon épée tranchante, celle que je porte le long de ma cuisse, car Tirésias le devin doit boire en premier. Tout à coup, l'ombre d'Elpénor, celui qui est mort au moment de notre départ, en tombant d'un toit, m'interpelle :

— Je t'en supplie, Ulysse, au nom de tous les tiens, je sais qu'en repartant du pays des Cimmériens, tu repasseras par l'île de Circé, alors n'oublie pas de me pleurer et de me donner une sépulture. Brûle-moi sur un bûcher avec toutes mes armes, et dresse-moi ensuite une tombe au bord de la mer. Sur ce tumulus de terre, plante la rame dont je me servais avec mes compagnons lorsque j'étais en vie. Ainsi les hommes se souviendront-ils de moi et de mon malheur.

— Je ferai ce que tu m'as demandé, Elpénor, pour que tu ailles en paix.

Malheur à moi ! Tandis que je lui parle, voici que l'âme de ma mère, Anticlée, surgit. Ma mère que j'aimais tant est donc morte ! Elle voudrait me parler et s'approcher du sang, mais je dois l'en empêcher. L'âme de Tirésias ne va-t-elle donc jamais apparaître ?

— Que me veux-tu, malheureux ? Pourquoi as-tu quitté la clarté du soleil pour venir chez les morts ?

Tirésias enfin ! Il porte un sceptre d'or.

— Baisse ton épée et range-la dans son fourreau ! Et maintenant, écarte-toi du trou, que je boive le sang et te dise la vérité sur ton avenir. Ulysse, tu voudrais bien revenir chez toi paisiblement ? Mais c'est impossible ! Le dieu Poséidon te hait parce que tu as aveuglé son fils Polyphème, le Cyclope, et il te persécutera aussi longtemps qu'il le pourra. Si tu restes maître de toi et de tes hommes, malgré les souffrances, tu réussiras à rejoindre Ithaque. Alors, suis scrupuleusement mes instructions : lorsque tu aborderas l'île du Trident, tu verras les moutons et les vaches du dieu Soleil, Hélios, paître paisiblement dans les prés. Ne touche à aucune de ses bêtes, et tu retrouveras ta patrie et les tiens. Malheur à vous, si jamais vous lui en voliez une seule, le dieu Soleil voit tout et entend tout. Il se vengera, et tes hommes mourront. Ton bateau sera détruit et toi, si tu en réchappes, tu réussiras à revenir à Ithaque après bien des épreuves, grâce à l'aide d'autres marins. À peine arrivé chez toi, tu trouveras des hommes en train de dilapider ta fortune. Depuis longtemps, ils boivent et s'amusent à tes frais. Ils courtisent ta femme Pénélope et lui offrent des cadeaux, ainsi que le veut la coutume, lorsqu'ils convoitent une femme pour conclure des alliances. Ils rêvent de devenir roi d'Ithaque à ta place. Tu leur feras payer leurs crimes par la ruse ou par la force. Et puis tu devras repartir, jusqu'à ce que tu trouves un peuple qui ignore tout de la mer, des bateaux aux flancs rouges comme les nôtres, et des marins qui rament sur la mer gonflée de vagues. Ce peuple-là ne connaît pas même le sel pour donner du goût à leurs aliments. Lorsque tu croiseras sur ta route quelqu'un qui prendra ta rame pour une pelle à vanner le grain, confondant ainsi l'outil d'un marin avec celui d'un paysan, ce sera le signe que tu es au bout de tes peines. Plante alors ta rame dans la terre, et offre un sacrifice à Poséidon, un bélier bien gras, un taureau, un porc, pour racheter ta faute. Dès ton retour à Ithaque, n'oublie pas de sacrifier aux immortels selon les rites sacrés. Si tu accomplis tout ce que je te dis, alors tu mourras paisiblement de vieillesse, entouré de ton peuple, que tu auras su rendre heureux.

— Tirésias, voici donc le destin que les dieux m'ont fixé, celui que je dois vivre ! Il faut donc endurer toutes ces épreuves et triompher de nombreux monstres pour devenir un homme ? Ma mère est morte, Tirésias, je la vois devant moi, muette, elle n'ose pas me regarder ni me parler. Comment pourrais-je communiquer avec elle ?

— Tu pourras communiquer avec tous les morts qui boiront le sang du sacrifice, et ils te parleront en te disant la vérité. Je t'ai révélé l'oracle qui prédit le cours de ta vie, Ulysse, maintenant, je dois rejoindre les sombres demeures de l'Hadès...

Il faut que ma mère vienne boire le sang noir pour qu'elle me parle d'Ithaque ! Elle s'approche en gémissant et boit. Quel spectacle effrayant ! Mais enfin, elle m'interroge.

— Mon enfant, es-tu encore vivant ? Comment as-tu fait pour rejoindre le monde des morts ? As-tu déjà revu Ithaque, as-tu retrouvé ta femme ?

— Mère, je suis encore loin de la Grèce ! J'erre sur la mer comme un maudit, depuis que j'ai suivi Agamemnon en repartant de Troie, et je n'ai pas revu ma terre natale. Mais toi, de quoi es-tu morte ? Et mon père et mon fils laissés là-bas ? Dirigent-ils la cité, ou quelqu'un d'autre les a-t-il écartés du pouvoir ? Croit-on que je ne reviendrai plus ? Et Pénélope, garde-t-elle fidèlement ma maison, ou s'est-elle remariée avec un autre Grec ? Je suis parti depuis tant d'années ! Une femme jeune peut-elle attendre ainsi, sans se lasser, l'improbable retour de son mari ? Dis-moi la vérité !

— Pénélope t'attend. Elle pleure chaque soir, quand les bateaux rentrent au port, et jusque tard dans la nuit. Tout le monde ignore si tu es mort ou vivant. Elle seule croit encore en ton retour. Elle espère en secret qu'un jour, tu tireras ton navire sur la grève. Personne n'a pris le pouvoir à ta place. Ton fils est presque un homme maintenant, il gère ton domaine du mieux qu'il peut, en toute justice, pour préserver la paix. Ton père s'est exilé à la campagne et refuse d'aller en ville. C'est un vieil homme ruiné, qui n'a plus ni manteau ni draps de lin fin pour dormir dans son lit. L'hiver, il sommeille près du feu avec les serviteurs, et l'été, il se couche sur une brassée d'herbes sèches et de feuilles mortes dans ses coteaux. Et là, au pied de sa vigne, quand personne ne le voit, il pleure son fils qui n'est pas revenu. Ton absence est si longue, et sa douleur si forte, qu'il va mourir de chagrin lui aussi, comme moi. Ulysse ! Chaque jour, j'implorais les dieux pour qu'ils te laissent revenir sain et sauf auprès des tiens. Chaque jour, je faisais demander au port si quelques marins, sur les navires marchands ou ceux qui sillonnent les mers, savaient où tu étais, ce que tu étais devenu. Je décrivais tes bateaux aux flancs rouges, à la proue bleue, effilée, pour fendre les vagues. Mais personne n'avait croisé ta route. Ou ceux qui le prétendaient mentaient pour que je paie ce qu'ils disaient. Quelle mère peut supporter la douleur de perdre un fils ? Ne reste pas avec les morts, repars vers la lumière ! Va retrouver Pénélope, et raconte-lui tout ce que tu as vu ici...

Je voudrais étreindre ma mère et pleurer avec elle, mais elle n'a plus rien d'humain. Elle n'est plus qu'une ombre insaisissable qui disparaît à jamais dans le monde souterrain.

Après elle, toutes les âmes se bousculent pour boire le sang du sacrifice. La peur au ventre, je les repousse avec mon épée. Au milieu de cette foule gémissante, j'en reconnais certaines, et les laisse approcher pour qu'elles me révèlent comment elles sont mortes, et pourquoi. L'âme d'Agamemnon surgit. Il est donc là lui aussi, mais où et quand est-il mort ? Dès notre retour de Troie, lorsque nos bateaux ont été pris dans la tempête ?

— Ulysse, crois-moi, je n'ai pas péri en mer, poursuivi par la haine de Poséidon. C'est ma femme Clytemnestre qui m'a assassiné, avec l'aide de son amant Égisthe, au cours d'un festin qu'il donnait. Tous mes hommes ont été massacrés comme des bêtes, et le sol était recouvert de leur sang encore chaud. Clytemnestre elle-même m'a égorgé à la fin du banquet. Quelle mort sans gloire pour un chef suprême, moi le « roi des rois », choisi autrefois à l'unanimité pour mener l'expédition contre Troie ! Naïf sans ruse, je pensais que ma femme et mes enfants seraient heureux de me retrouver enfin. Je n'ai même pas eu le temps d'embrasser mon fils, elle m'a tué avant !

Mais tandis que j'écoute le récit des disparus, j'entends d'étranges cris monter de la longue cohorte des morts sans nom. Il faut fuir, la peur me gagne, si Perséphone soudain me jetait dans l'Hadès avec eux...

— Tous au navire ! Embarquez ! Nous n'avons pas de temps à perdre !

Le courant nous emporte, et un bon vent nous mène vers le large. Soudain, le soleil se lève, nous avons enfin quitté le pays des Cimmériens, là où la nuit est éternelle. Nous retrouverons bientôt la route de l'île d'Aiaié.

— Échouons notre bateau sur le sable et débarquons sur la grève pour dormir ; demain nous ramènerons le cadavre d'Elpénor pour l'incinérer.

9

Faut-il écouter les Sirènes ?

Au petit matin, dès que Circé apprend notre retour, elle arrive pour nous réconforter avec du pain, de la viande et du vin doux. Les hommes, buvant à grands traits, oublient peu à peu le monde des morts, auquel tôt ou tard ils seront condamnés. Toute la journée, nous restons ainsi sur la plage à festoyer. Lorsque les marins s'endorment près du navire, Circé sans bruit me prend la main et m'entraîne à l'écart. Elle se couche à côté de moi pour que je lui raconte tout ce que j'ai vu : Agamemnon assassiné, ma mère morte de chagrin, et tous ceux qui, ayant bu le sang du sacrifice, m'ont révélé la vérité.

— Ne pense plus au monde des Cimmériens,

Ulysse ! Tu en es revenu sain et sauf, alors ne te laisse pas obséder par l'image de cette cohorte immonde, même si aucun homme n'a pu voir la mort en face, sans mourir lui-même. Ce que tu sais maintenant sur le monde de l'au-delà doit au contraire t'apprendre à vivre. Mourir pour la gloire, c'est toujours mourir. Certains morts, dont Achille, si courageux au combat dans la guerre de Troie, t'ont prévenu : il aurait mieux aimé vivre encore, même en cultivant simplement la terre, que de rejoindre le monde souterrain, en mourant en héros.

Comment avouer à Circé qu'à cet instant, seul le visage de Pénélope, la femme qui m'attend, triste et pâle, me hante. Je crois sentir son parfum de benjoin et lire dans ses yeux une inquiétude mortelle. Qu'a-t-elle fait de sa toile tendue sur le métier à tisser ? Que raconte-t-elle avec patience, quels exploits héroïques, dans le motif de ses broderies ? Où est le bon chien qui courait dans mes jambes ? Est-il lové près du foyer pour se réchauffer ? Je ne vois pas Télémaque, brave-t-il déjà la mer, lui aussi, et ses dangers ? Que faut-il offrir aux dieux pour les retrouver ? Si je le pouvais, je sacrifierais cent bœufs pour être avec eux !

— Ulysse, à quoi penses-tu, m'oublierais-tu déjà ? Écoute-moi : demain dès l'aube, tu vas repartir, et nous allons être séparés pour toujours. Suis mes instructions, si tu veux revenir à Ithaque et revoir ta femme et ton fils, sinon, toi aussi, tu iras rejoindre le peuple des morts. Les dieux veulent encore éprouver ton courage, ta force et ta ruse. Ils te lancent de nouveaux défis. Ta première épreuve sera de résister à l'appel des Sirènes. Ce sont des monstres à forme humaine, mi-femmes mi-oiseaux. Elles ensorcellent tous ceux qui passent près de leur petit îlot. Elles ont l'air d'être sagement assises dans un pré, mais en réalité des os et des lambeaux de chairs humaines pourries sont entassés à côté d'elles. C'est tout ce qui reste des corps de ceux qui les ont écoutées. Ne t'approche surtout pas ! Passe au large, garde ton cap, ne t'arrête pas. Bouche les oreilles de tes hommes avec de la cire récoltée dans les ruchers des abeilles. Ils ne doivent pas entendre les chants irrésistibles des Sirènes, sinon ils risqueraient d'affaler les voiles et de ramer vers elles. Je sais que tu aimerais bien écouter leur voix pour savoir ce qu'elles chantent. C'est plus fort que toi, tu veux toujours tout connaître, même si c'est interdit. Alors, fais-toi attacher au mât de ton bateau, pieds et poings liés, pour être certain de résister à leur chant. Si jamais tu demandes à tes hommes de te détacher, préviens-les qu'ils te ligotent plus fort, au contraire. Si tu sors vainqueur de ce premier défi, une autre épreuve t'attend. Cette fois, tu devras affronter deux monstres marins. Je ne sais pas quelle route tu choisiras pour rentrer, mais de toute façon, tu seras obligé de passer entre deux énormes roches. Les marins les ont surnommées « Les Errantes », parce que brusquement elles se mettent à bouger. Elles jaillissent des profondeurs de la mer pour s'entrechoquer, à l'instant même où un bateau s'engage. Quoi que tu fasses, longer l'une ou l'autre, tu es en danger, et ton bateau risque d'être broyé. Celle qui a une cime pointue dressée jusqu'au ciel, c'est le repaire de Scylla, un monstre effroyable qui habite là, dans une caverne. Personne, pas même un dieu, ne veut la rencontrer ! Avec six têtes au bout de six cous longs comme des tentacules, elle dévore tout ce qui passe à sa portée. Préviens ton équipage : ses six gueules menaçantes, armées de trois rangées de dents acérées, peuvent arracher et déchiqueter six hommes à la fois. Scylla se déplace sur douze pattes difformes. Lorsqu'elle parle, on dirait qu'elle aboie comme une chienne, et ses cris résonnent jusqu'au plus profond des mers. Aucun marin n'a jamais observé un tel monstre ni réussi à franchir son territoire vivant. Crois-moi, c'est une créature de l'autre monde. Scylla reste souvent tapie dans sa grotte, à l'affût. Elle ne sort ses six têtes que pour pêcher des dauphins ou des chiens de mer, et dévorer tous ceux qui se sont égarés dans ses parages... Quant à l'autre roche, elle se situe à une portée de flèche. Un figuier sauvage pousse sur sa cime. C'est le domaine de Charybde, un monstre qui engloutit la mer trois fois par jour. Et quand elle la vomit, l'eau bouillonne, tourbillonne, l'écume jaillit en se fracassant sur la roche, dans un bruit effrayant. Ne passe surtout pas au moment où Charybde engouffre l'eau, tu serais aspiré, toi aussi, avec ton bateau. Et même Poséidon, le dieu de la mer, n'aurait pas assez de force pour te tirer de là... Évite Charybde, garde le cap sur Scylla ! Tu ne peux pas te tromper, les parois de la roche sont lisses, et sa caverne est orientée nord-ouest vers l'Érèbe, le pays des morts, dont tu reviens. Si tu arrives à naviguer entre Charybde et Scylla, n'oublie pas, il vaut mieux perdre six hommes que tout ton équipage.

— Mais Circé, est-ce que je ne dois pas combattre Scylla avec mes hommes, si elle nous attaque ?

— Malheur à toi, Ulysse, tu ne rêves que de guerre et de combats ! Scylla n'est pas une bête, c'est la mort en personne, sauvage, terrible, inattaquable. Tu n'auras même pas le temps de sortir ta lance que tes hommes seront déjà dévorés. Fuir, c'est la seule chose que vous puissiez faire ! Ramez de toutes vos forces, et priez que les dieux vous épargnent. La troisième épreuve te semblera peut-être plus facile, mais ne te crois pas vainqueur avant d'avoir triomphé. Lorsque tu feras escale sur l'île du Trident, là où paissent les vaches du Soleil et ses moutons bien gras, surtout ne touche à aucune de ses bêtes. Les bergers qui les gardent sont de très belles Nymphes, mais ce sont surtout les filles d'Hélios. Ne pensez qu'à votre retour à Ithaque, et quoi qu'il arrive, ne volez aucun bétail, sinon vous mourrez !

— Pour cela, Tirésias, le devin aveugle, m'a déjà prévenu, lui aussi ! Crois-moi, je ne toucherai pas aux vaches d'Hélios, je ne veux pas rejoindre le monde des morts ! Circé, est-ce que je reverrai Ithaque après tant d'épreuves ? Les dieux, enfin, me laisseront-ils en paix ? Je me suis déjà confronté à l'oubli, à l'aveuglement, à la dévoration, à l'ensorcellement, à l'engloutissement... Que faut-il vivre encore, pour se confronter à soi-même et savoir qui l'on est ?

— Je t'ai révélé, Ulysse, tout ce que je savais de ton destin, et je t'en ai déjà trop dit ! Les dieux seront furieux contre moi. Cette nuit est notre dernière nuit, bientôt l'aube se lèvera, et tu partiras. Je ne pourrai plus rien pour toi...

— Larguez les amarres et chacun à son poste !

Les hommes s'affairent et rangent les cordages, préparent le mât et les voiles pour la manœuvre. Malgré moi, en doublant l'île de Circé dans le petit matin, j'ai un pincement de cœur, nos routes ne se croiseront plus désormais ! Pourquoi m'a-t-elle aidé ? Par amour ou par intérêt ? Je ne le saurai jamais, et qu'importe ! Mon destin est devant moi maintenant...

— Amis, je ne vous le cacherai pas : nous ne sommes pas au bout de nos peines ! C'est ce que Circé m'a révélé cette nuit. Si nous ne voulons pas mourir, nous devons suivre ses conseils : en premier, fuir les Sirènes et leurs chants ! Moi seul écouterai leurs appels. Vous m'attacherez solidement au mât, et si je vous demande de me détacher, surtout resserrez bien les cordes.

Je donne toutes mes instructions à mes compagnons, et le vent nous pousse vers l'île des Sirènes. À peine est-elle en vue qu'il faiblit, et c'est le calme plat. Les marins affalent les voiles et sortent les rames. Aussitôt, ils se bouchent les oreilles avec la cire des ruchers et me lient au mât du bateau. Tous les hommes rament en cadence pour fuir, mais dès que nous sommes à portée de cri, les Sirènes entonnent :

— Viens vers nous, toi, le fameux Ulysse, la gloire éternelle de la Grèce ! Arrête donc ton navire pour écouter tout ce que nous savons. Tu repartiras chez toi bien informé, car nous t'apprendrons ce qui s'est réellement passé pendant la guerre de Troie, ce que chaque camp a enduré par ordre des dieux. Nous connaissons le passé, le présent et l'avenir, et nous ne révélerons nos secrets qu'à toi seul, Ulysse ! Viens ! Ne crains rien !

Il faut que je les approche, je dois savoir. Leur chant est si clair, pourquoi me tromperaient-elles ? Circé m'a menti, elles seules connaissent l'avenir ! Je n'ai rien à craindre de leurs chansons.

— Détachez-moi avant qu'il ne soit trop tard !

D'un signe de tête, je demande à mes compagnons de me libérer. Mais ils rament plus vite. Et Euryloque, lui, resserre mes cordes si fort qu'elles me blessent.

Au large, mes compagnons défont mes liens et retirent la cire de leurs oreilles...

10

La proie de deux monstres marins : Charybde et Scylla

— Grâce à vous tous, nous avons réussi la première épreuve, restons sur nos gardes ! Là-bas, au loin, j'aperçois des trombes d'eau qui se fracassent contre les rochers !

La peur au ventre, les hommes sont incapables de ramer. Le navire s'arrête !

— Courage, compagnons ! Nous avons vaincu le Cyclope ! Et j'ai toujours su vous tirer des dangers les plus terribles, vous vous en souvenez, non ? Ramez aussi fort que vous pouvez, et priez Zeus encore une fois qu'il nous tire de ce désastre. Et toi, timonier, qui tiens la barre du navire, retiens bien mes ordres : ne va pas sur ces murs d'eau qui s'élèvent depuis le sable bleu des fonds marins jusqu'au ciel ! Mets le cap sur l'autre roche, celle que tu aperçois là-bas, celle qui est lisse ! Et tiens bon la barre. Nous ne devons pas dériver, sinon nous nous écraserons sur le rocher.

Je n'ose pas leur avouer qu'à mi-hauteur, dans une caverne, la monstrueuse Scylla nous attend en bavant, toutes ses gueules ouvertes, pour nous dévorer... Non, je ne veux pas mourir sans combattre ! Mon armure et deux grandes lances ! Vite, à l'avant du navire ! Où se terre Scylla ? Dans la brume, je ne distingue rien et j'ai beau fouiller partout du regard, je ne l'aperçois pas. Nous avançons dans la passe. Les hommes rament en gémissant. Ils ont compris : d'un côté, Scylla attend pour nous broyer, de l'autre, Charybde rugit et se déchaîne pour nous engloutir dans ses eaux bouillonnantes.

La peur verte nous saisit, cette peur qui paralyse et glace le sang. Nous avons peur de mourir et nous guettons Charybde. Mais soudain, avant même que j'aie pu réagir, Scylla arrache du pont six de mes compagnons, les meilleurs marins et les plus forts ! Je me retourne et je ne vois plus que leurs pieds et leurs mains, qui disparaissent dans les airs. Ils hurlent, ils m'appellent et se débattent. Mais le monstre les emporte et les avale dans son antre, comme des petits poissons d'appât pour la pêche. Malheur à moi ! Je n'ai pas réussi à sauver mes hommes de la mort ! Circé avait raison, il faut fuir avant que Scylla ne nous atteigne encore une fois !

— Écoutez-moi tous, malgré vos souffrances ! Nous approchons de l'île du Trident, celle d'Hélios, le dieu Soleil. Vous entendez au loin mugir ses vaches et ses brebis bêler, alors je voudrais vous répéter une fois encore les prédictions du devin Tirésias, et celles de Circé. Si jamais nous touchons une seule bête du troupeau divin, nous mourrons. Pour éviter de transgresser cet interdit, ne débarquons pas sur l'île, et poursuivons notre route. C'est notre seule chance de revoir Ithaque.

Mais Euryloque se révolte :

— Qui es-tu pour nous parler ainsi, à aller toujours de l'avant, comme si nos peines, notre fatigue et nos peurs t'étaient indifférentes ? Tu ne penses qu'à toi ! Mais nous, nous n'avons pas un corps de fer, insensible à la douleur ! Tu ne vois pas que les hommes sont épuisés et manquent de sommeil. Débarquons sur la grève, dînons et dormons, nous repartirons au petit matin. Ce serait une folie de naviguer de nuit sur cette mer brumeuse, sans compter les rafales de vent qui pourraient nous faire dériver. Tu veux notre mort ! C'est cela ?

Les hommes sont d'accord et applaudissent bruyamment.

— Euryloque, puisque vous êtes tous contre moi et que vous voulez me forcer à débarquer, jurez-moi devant les dieux que personne ne touchera à une seule tête de ce troupeau, et que vous mangerez seulement les vivres prévus par Circé !

Ils jurent sur-le-champ, trop impatients de pousser le bateau au fond du port, près d'une source d'eau douce, et de mettre pied sur l'île. Là, ils mangent, boivent, reprennent force, se souviennent de la mort de leurs compagnons et les pleurent, comme le veut la coutume. Peut-être ont-ils eu raison de faire une brève escale ici ? La nuit n'est pas finie, lorsqu'un vent violent se lève en bourrasque. Aussitôt, le ciel et la mer se couvrent de nuages. À l'aube, il faut tirer le bateau au mouillage dans une grotte, sinon il pourrait être fracassé par la tempête.

11

Festin mortel chez Hélios

— Mes amis, impossible avec ce vent de repartir aujourd'hui, mais nous avons de quoi boire et manger. N'oubliez pas votre serment, n'abattez aucune vache ou brebis, sinon la colère d'Hélios sera terrible.

Fatalité ou nouvelle épreuve envoyée par les dieux, pendant un mois, les vents nous sont défavorables. Le Notos, un vent de sud, relayé par Euros, un vent de sud-est, souffle sans fin. Nous ne pouvons pas mettre le bateau à la mer. Bientôt les vivres s'épuisent, nous n'avons plus ni pain ni vin. Les hommes chassent désespérément quelque gibier ou bien pêchent à l'hameçon, mais cela ne suffit pas. Ils ont faim, très faim. Les laissant seuls au port, je gagne le milieu de l'île, pour prier les dieux.

Je me lave les mains et le visage pour me purifier.

— Ô vous tous, les dieux de l'Olympe, ne nous laissez pas mourir de faim dans une terre étrangère, indiquez-moi le chemin du retour.

Je balbutie difficilement quelques prières à Zeus, mes paupières, soudain, sont lourdes, le sommeil me gagne et je m'affale sur le sol.

Euryloque en profite pour haranguer les hommes :

— Écoutez-moi tous, je ne sais pas où est parti Ulysse, mais voilà ce que j'ai à vous dire : il n'y a pas pire mort que de mourir de faim. Alors, chassons les plus belles vaches du Soleil, et offrons-les à tous les dieux du ciel. Promettons encore d'élever un temple à Hélios dès notre retour à Ithaque, et de lui réserver nos plus nobles offrandes. Et s'il veut se venger sur nous pour l'abattage de ses vaches en fracassant notre bateau, moi, je préfère encore périr en mer que mourir de faim sur cette île déserte !

Tous les hommes applaudissent. Mourir de faim ou mourir en mer, ils n'ont plus rien à perdre ! Alors ils se bousculent, c'est à qui chassera le premier les plus belles vaches du Soleil. Elles paissent non loin du bateau. Ils les cernent, invoquent les dieux, et comme ils n'ont plus d'orge blanche, ainsi que le veut le rituel du sacrifice, ils cueillent les jeunes feuilles d'un chêne. Puis ils prient, égorgent les bêtes, les écorchent et détachent les cuisseaux, qu'ils recouvrent de graisse des deux côtés. Ensuite, ils déposent des morceaux de viande crue par-dessus. Il n'y a plus de vin pour les libations, les offrandes rituelles aux victimes que l'on doit répandre sur le sol, alors ils versent de l'eau. Ils grillent les viscères. Enfin ils mangent, se réjouissant les uns les autres de cette viande grasse, après tous ces jours à ingurgiter des poissons fades et des oiseaux maigrelets.

Une odeur âcre, l'odeur des graisses brûlées monte jusqu'au ciel... Malheur sur moi ! Ils ont profité de mon sommeil pour transgresser l'interdit divin.

— Ô Zeus, père des hommes et père des dieux, qui êtes partout, qui entendez tout, qui connaissez le présent, le passé et l'avenir, Zeus, qui répartissez chez les hommes le bien et le mal, pourquoi avez-vous tenté mes hommes pendant que vous m'avez endormi ? Pourquoi les avez-vous laissés commettre ce sacrilège ? Ils ont mangé ce qui est défendu et ils mourront !

Déjà les Nymphes, ses filles, ont prévenu Hélios, et lui aussi implore Zeus à son tour !

— Zeus, mon père, et vous tous, les dieux bienheureux ! Punissez les compagnons d'Ulysse ! Ils n'ont aucun respect pour les dieux ! Ils ont massacré mes vaches ! Moi qui étais si heureux de les regarder paître du haut du ciel, lorsque je me retournais vers la terre. Si ce crime reste impuni, je descendrai chez Hadès dans le royaume des morts. Et ici pour les vivants, il n'y aura plus qu'une nuit éternelle...

— Hélios ! J'exaucerai ta prière ! Continue de briller dans le ciel pour les dieux immortels, et sur la terre où pousse le blé. Bientôt, je ferai voler en éclats leur bateau d'un seul coup de foudre, et ils périront au milieu de la mer aux reflets rouges, comme le sang de leurs crimes.

— Qu'avez-vous fait ! Vous êtes fous ! Vous avez transgressé l'interdiction divine en mangeant les vaches du Soleil ! Vous ne voyez donc pas que, déjà, les signes de la vengeance des dieux s'accomplissent : la viande meugle sur les broches, les peaux écorchées rampent sur le sol. Qu'avez-vous fait, sacrilèges ! Vous allez tous mourir, et les dieux vous maudiront à jamais !

Mais les hommes se moquent de moi, de mes prières et de mes craintes ! Ils festoient et dévorent à belles dents la viande des vaches grasses. Pourquoi se refuser un tel plaisir puisqu'ils ont promis d'offrir aux dieux, en contrepartie, cent bœufs gras dès leur retour à Ithaque ?

Six jours durant, ils insultent ainsi les dieux. Le septième jour, au petit matin, le vent du sud tombe.

— C'est le moment d'embarquer et de rejoindre la haute mer ! Tous à vos postes ! Dégagez le bateau de la grotte et ramez.

Nous quittons l'île du Trident. J'ai peur. Je sais que le dieu Hélios se vengera tôt ou tard, qu'il a déjà réclamé justice auprès de Zeus. Pourtant la mer est calme, et le bateau glisse sous un bon vent, laissant l'empreinte blanche de son sillage courir sur le dos des vagues.

*
* *

Trois jours et trois nuits, Ulysse s'est battu avec les fantômes de l'Hadès. Trois jours et trois nuits, il a revu en songe les monstres de l'autre monde, gueules béantes prêtes à l'engloutir et à le démembrer. Et l'appel obsédant des Sirènes tournoyait dans sa tête, dans le bruit écumant des vagues qui s'écrasent sur les rochers. Il confondait, dans sa folie, les draps parfumés de son lit avec les voiles de son bateau affalées sur le pont. Il entendait le hurlement strident des hommes qui ne veulent pas mourir sur la mer noire sans fond. Et les bois de leurs rames brisées dérivaient au hasard du roulis. Et puis, il y avait le chien qui gémissait doucement... et les rires d'un enfant...

Sur quelles mers lointaines, dans quelle île monstrueuse, pâle et meurtri, était-il reparti ? À l'aube du septième jour, les dieux sans doute eurent pitié de lui, et le calme revint enfin dans son âme égarée. Dehors, on entendait déjà le chant des grives picorant les raisins verts dans les vignes.

D'un pas assuré, Ulysse gravit le sentier. Aujourd'hui, si son esprit assombri a parcouru pendant sept jours les profondeurs de son âme, il se sent presque en paix. En lui, les forces contraires ont cessé de se combattre. Ulysse monte vers l'olivier, plus bas les champs de blé forment une mosaïque dorée. Les esclaves, sur l'aire à battre, foulent déjà au pied les épis pour séparer les grains. Et l'on entend les chants des hommes qui moissonnent. Parfois, à l'ombre de son arbre, il s'endort et voit sa vie en songe. Mais comment la raconterait-il, lui ?

12

Prisonnier de Calypso !

Seulement le ciel et la mer... Aucune terre en vue, depuis que nous avons quitté l'île d'Hélios. Nous pourrions rejoindre Ithaque d'une traite en gardant le cap ! Soudain, le ciel s'obscurcit, et la mer devient noire elle aussi. Le Zéphyr se lève en rafales et la violence du vent arrache le mât. Dans sa chute, il fracasse le crâne du pilote à l'arrière du bateau, et le tue. Zeus venge Hélios, il tonne et gronde au-dessus de nos têtes ! Les hommes crient et cherchent à se cacher à fond de cale.

Sans retenir sa colère, Zeus punit notre sacrilège et foudroie le bateau. Frappé par l'éclair, il tourne sur lui-même, se fend en deux, se remplit d'eau. Sous le choc, les hommes passent par-dessus bord, et leurs corps sans vie, ballottés par les flots, s'agglutinent autour de la coque. On dirait de sinistres corneilles annonçant la mort. Puis vient une lame gigantesque, elle soulève le bateau, la quille casse net lorsqu'il retombe sur l'aplat de la mer. Les vagues déferlent sur le pont, me fauchent au passage, m'entraînent dans la mer froide et inhumaine comme un tombeau.

Je coule à pic, parviens à remonter, suffoque, mes yeux, ma gorge, sont brûlés par le sel. Les vagues me roulent, me brisent. Je vais mourir... Un peu plus loin, la quille dérive. L'atteindre... Je pourrais me hisser dessus. Dans les eaux grises, flotte un étai de cuir qui servait à consolider le mât ! Avoir encore la force d'attacher ensemble la quille et un bout du mât pour ne pas se noyer. Épuisé, je m'allonge enfin sur ce fragile radeau, et les vents de la mort m'emportent au gré des dieux.

Toute la nuit je dérive, mais au petit matin, les courants m'ont ramené vers Charybde, au moment même où elle engloutit une brassée de mer. Cette fois, c'est la fin ! Dans un ultime effort, je dois prendre mon élan et bondir jusqu'au grand figuier en haut du rocher. Je ne peux rien faire d'autre. Rester suspendu jusqu'à ce que Charybde vomisse, et la quille et le mât. Mes mains sont à vif, mes bras sont si raides que je ne les sens plus. Enfin ! La voilà qui recrache toute l'eau ingurgitée. Je lâche prise et retombe en plein courant, près des morceaux de bois liés en radeau. Je me hisse avec peine pour ramer avec mes deux mains et fuir Scylla. Mais Zeus, le père de tous les vivants, a sans doute pitié de moi. Scylla ne me voit pas.

Pendant neuf jours, assoiffé, affamé, transi de froid, pris par la mauvaise fièvre, je dérive. Pour tenir bon, je me répète à haute voix l'oracle de Tirésias : « Ton bateau sera détruit et toi, si tu en réchappes, tu réussiras à revenir à Ithaque après bien des épreuves, grâce à l'aide d'autres marins... Si tu accomplis tout ce que je te dis, alors, tu mourras paisiblement de vieillesse, entouré de ton peuple, que tu auras su rendre heureux. » Mais seul le bruit de la mer répond à mes incantations.

S'il est vrai pourtant que les chiffres parlent, après neuf jours d'errance, un cycle doit s'achever. Qui sait ? Le dixième jour me sera peut-être favorable. La guerre de Troie n'a-t-elle pas duré neuf ans pleins, pour voir enfin la victoire à l'aube de la dixième année ? Et le déluge, envoyé par Zeus pour punir les hommes de leur orgueil et de leur violence, dura aussi neuf jours entiers sans répit, mais à la dixième aurore, la pluie cessa...

— Que Zeus me pardonne pour le troupeau d'Hélios, cette faute, je ne l'ai pas commise, même si j'en suis responsable ; qu'il soit bienveillant à mon égard et qu'enfin je trouve la paix !

— Qui es-tu ?

— Je t'ai trouvé sur les bords du rivage, accroché à une épave ! La houle et les vents t'ont poussé jusqu'ici, sur mon île. Je sais que Zeus a foudroyé ton bateau, et que tous tes hommes sont morts. Cela fait des jours que je te nourris, te soigne, calme ta fièvre avec des herbes, et prends soin de toi. Sans moi, tu serais mort. Je suis la Nymphe Calypso, reine d'Ogygie, fille d'Atlas le Titan. Il connaît les abîmes de la mer et soutient les colonnes qui séparent le ciel de la terre.

Quel naufragé n'aurait pas voulu voir à son réveil le visage lisse de Calypso penché sur lui ? Ses longs cheveux, aux belles boucles tombant sur ses épaules comme une parure, et son corps souple, sous les riches vêtements de tissu finement tissé ? Une Nymphe ! J'ai trouvé refuge dans le royaume d'une Nymphe aimante, qui ne se lasse ni de notre vie à deux ni de nos jeux amoureux.

Sur son île merveilleuse, tout pousse à profusion : les vignes sauvages chargées de grappes, les vertes prairies fleuries, les cyprès et les peupliers noirs. Dans les buissons, on entend chanter les oiseaux, et les effraies, les faucons, les corneilles nichent ensemble dans les grands arbres. Quatre sources arrosent comme un jardin cette île sauvage et idyllique.

Qui, après tant d'années de malheur, n'aurait pas été heureux d'entendre la voix sensuelle et douce de Calypso, chantant dans sa grotte ? Et ses mains fines et blanches, dansant sur son métier à tisser, lorsqu'elle passait entre les fils de sa toile une navette d'or. Des coupes ciselées pour boire le nectar et l'ambroisie, des plats d'argent pour les mets délicats et raffinés, et à portée de main les fruits ambrés au soleil... Un lit aux draps délicatement parfumés, une amante attentionnée et séduisante, quel homme aurait pu trouver ailleurs un tel bonheur ? La première année d'émerveillement passée, je comprends vite que Calypso, la belle Nymphe, me retiendra sur son île.

Cela fait sept ans maintenant que je suis captif. Elle m'aime trop désormais pour me laisser partir. La nuit, Calypso me désire, et moi, je fais semblant de répondre à son amour. Pénélope est moins belle sans doute, son corps a certainement vieilli, mais elle est humaine, et c'est la mère de mon fils.

La grotte de Calypso est un piège, je suis prisonnier de son monde immortel et parfait, étouffé par un amour exclusif. Personne ne viendra me sauver et, jamais, je ne reverrai Ithaque. Le parfum du cèdre et du thuya, dont les bois secs brûlent dans la grotte, la terre fertile, les sources claires, rien ne peut me faire oublier ma terre et ceux que j'aime. Chaque jour, je viens m'asseoir sur le même rocher et, là, désœuvré, je reste à contempler la mer, le cœur serré, triste à en mourir. Je suis seul, me rappelant mes compagnons morts. Puissent les dieux se souvenir de moi, qui ai toujours sacrifié en leur nom !

Je ne sais pas qu'Athéna, la divine, aussi guerrière que bienveillante, prend déjà la parole en ma faveur :

— Zeus, mon père, puisque tous les dieux sont réunis sur l'Olympe pour notre assemblée, je voudrais plaider en faveur d'Ulysse, le fameux guerrier, roi d'Ithaque, qui gouvernait autrefois son peuple comme un père. Aujourd'hui, certains sur son île veulent prendre le pouvoir et même assassiner son fils. S'ils réussissent, leur violence et leur tyrannie mettront le pays à feu et à sang. Mais Ulysse, lui, ne sait rien de tous leurs complots. Il ne peut pas se défendre non plus, car il est retenu prisonnier par la Nymphe Calypso. Elle l'aime comme savent aimer les Nymphes. Mais Ulysse n'a qu'un seul rêve, retrouver sa patrie, sa femme Pénélope et son fils chéri. Sauf que c'est impossible, puisqu'il n'a plus ni navire ni équipage pour prendre la mer. Zeus, père tout-puissant, toi qui pardonnes aux hommes, ne crois-tu pas qu'il a assez souffert ? Toi qui es le dieu protecteur de la cité et de la famille, sauve-le !

— Athéna, ma fille ! Il me semble que c'est toi qui as décidé, dans ta sagesse, qu'Ulysse reviendrait chez lui pour punir ceux qui prétendent au pouvoir en épousant sa femme. Tu m'as déjà parlé de ce projet, sans doute as-tu raison de protéger ton héros. Quant au fils d'Ulysse, Télémaque, parti à la recherche de son père, guide-le, lui aussi. Qu'il rentre sain et sauf à Ithaque, et que les prétendants lancés sur la mer à sa poursuite virent de bord aussi. Hermès ! Approche ! Puisque c'est toi qui portes toujours nos messages, cette fois, transmets à Calypso ce que nous avons décidé : Ulysse rentrera chez lui, mais il rentrera sans escorte, ni des dieux ni des hommes, sur un bateau qu'il aura lui-même construit. Il mettra vingt jours, non sans peine, pour atteindre la terre des Phéaciens qui servent fidèlement les dieux. Ce sont eux qui le ramèneront à Ithaque, comblé de vêtements, de bronze et d'or, plus qu'il en aurait rapporté de Troie avec sa part de butin. Car son destin est de revoir les siens, de revenir dans sa haute demeure et sur le sol de son pays ! Qu'il en soit fait ainsi.

L'aube est à peine levée, lorsque Hermès arrive sur l'île de Calypso. La Nymphe est seule dans la grotte. Elle comprend aussitôt, en le voyant, qu'il lui apporte un message de Zeus.

— Zeus sait que tu retiens prisonnier chez toi un homme qui a combattu pendant la guerre de Troie, un héros à qui les Grecs doivent leur victoire. Tous ses compagnons sont morts ; les uns, pour avoir offensé par leur carnage chez les Cicones la déesse Athéna, les autres, le dieu Soleil Hélios. Ulysse est malheureux et tu dois le laisser partir, car son véritable destin est de revoir les siens.

— Ah ! C'est donc moi aujourd'hui, vous, les dieux, que vous menacez ! Vous oubliez qu'Ulysse, je l'ai sauvé, nourri et soigné, alors que Zeus avait foudroyé son navire en pleine mer. Ce que les dieux me reprochent, en réalité, c'est que je l'aime ! J'aime un homme ! Je lui ai promis une éternelle jeunesse, et il deviendra, comme moi, immortel.

— Crains la colère de Zeus, Calypso, si Ulysse ne repart pas pour Ithaque !

— Et comment le ferait-il ? Je n'ai pas de navire à mettre à sa disposition.

— Qu'il le construise lui-même ! Et crois-moi, renvoie-le chez lui et aide-le à prendre la mer au plus vite ! Quant à moi, j'ai accompli ma mission... Je vais rejoindre Zeus sur l'Olympe...

— Ulysse ! Qu'attends-tu encore sur ce rocher ? Pars ! Va-t'en, puisque c'est, paraît-il, ce que tu souhaites ! Je ne t'ai donc pas assez aimé pour que tu pleures sans cesse en pensant à Pénélope ? Qu'a-t-elle de mieux que moi, pour que tu la désires encore ?

Le visage fermé, les traits durcis, Calypso m'interpelle.

— Pars donc, la mer saura te faire souffrir !

Accepterait-elle enfin que nous nous séparions après toutes ces années passées ensemble ? Zeus aurait-il entendu ma prière ? Mais c'est peut-être un piège, les Nymphes sont si rusées !

— Calypso, tu le sais, tu es plus belle et plus séduisante que Pénélope ! Toi, tu es immortelle, ton corps, ton visage ne vieillissent pas. Je ne te reproche rien, ni ton amour passionné, ni ce que tu as fait pour moi !

Mais Pénélope est ma femme, la mère de mon fils. Je sais qu'elle m'attend. Je ne veux pas devenir un dieu, même si j'ai compris chez les Cimmériens tout ce que représente la mort. Pendant sept ans, tu m'as caché dans ta grotte, pour me protéger de tous les dangers, pour m'empêcher aussi de songer à Ithaque, ma terre natale. Mais comment oublier le vent qui fait chanter les oliviers dans la tiédeur du soir ? Comment oublier nos bateaux aux flancs rouges, qui attendent dans le port comme des chevaux fougueux prêts à prendre la mer ? Comment oublier l'odeur âcre des cordages, les cris des marchands et des marins qui se croisent ? Le chant des chevriers sur les chemins ? Les discussions entre hommes, par les journées d'hiver, dans l'atelier du forgeron ? Comment oublier le pas lent des bœufs attelés deux à deux, qui labourent les champs où le blé et l'orge vont être semés ? Et les rires dans les maisons... Calypso, Ithaque, c'est l'histoire des hommes qui se raconte aux bruits familiers de la vie. Même si je dois affronter la mer, la souffrance, la peur, je veux retrouver les miens. Tu ne peux pas me condamner à l'isolement. L'oubli, l'aveuglement, le massacre de ceux qui demandent asile, les sacrilèges et les parjures, toutes ces monstruosités, je les ai combattues pour préserver dans l'âme des hommes leur humanité. Je ne peux pas abandonner, rester caché, et oublier qui je suis.

— Les dieux ont donc raison ! Tu es malheureux ici, avec moi ! Tu veux me quitter ! Le monde des

Nymphes et celui des hommes sont donc si différents qu'ils ne puissent vivre heureux ensemble ? Ne pleure pas. Reprends la mer ! Je te laisse partir, malgré moi ! Ce n'est pas un piège, je t'aime trop pour te vouloir du mal. Tu t'en iras sans doute le cœur léger, mais moi, comment ferai-je pour t'oublier ? Demain, je te donnerai une hache de bronze et les outils qu'il te faut pour construire un bateau. Tu trouveras à la pointe de l'île des sapins presque aussi hauts que le ciel. Plus loin, des peupliers et des aulnes, tombés depuis longtemps. Ils feront un bon bois sec pour flotter. Mais avant, puisque c'est notre dernière nuit, restons ensemble...

Pendant quatre jours, je travaille sans relâche à la construction du bateau. Rien ne manque : cordages, voiles, bastingage, et un solide mât. Les charpentiers d'Ithaque seraient fiers de moi. Au petit matin du cinquième jour, Calypso me donne vivres, vin et eau pour la traversée.

Je suis enfin prêt. Les mots d'adieu sont souvent difficiles à dire, et aussi à entendre. Alors, sans un mot, Calypso fait lever juste ce qu'il faut de vent pour gonfler mes voiles. Et mon bateau prend doucement le large.

Cap sur Ithaque ! Je suis impatient et si heureux...

Pendant dix-sept jours, la mer docile laisse filer mon bateau. Rien à signaler ! Je dors le moins possible pour tenir ma route. La nuit, je me repère aux étoiles, gardant toujours la même constellation à main gauche. Le dix-huitième jour, enfin, j'aperçois dans la brume les côtes d'une île, dernière escale avant Ithaque.

Soudain, alors que je manœuvre pour aborder, Poséidon, maître de la mer, lui qui fait jaillir les sources, ébranle les roches des montagnes et les lance à la mer pour que naissent les îles, Poséidon, en revenant d'Afrique, croise ma route et m'aperçoit.

— Malheur ! Les dieux ont changé d'avis pendant que j'étais en Éthiopie ! Athéna a dû intercéder auprès de Zeus en sa faveur, Ulysse arrive en Phéacie ! Son destin va donc s'accomplir ! Il retrouvera les siens ! Mais il n'est pas encore arrivé à Ithaque !

Et ce disant, le dieu cruel rassemble tous les nuages, déchaîne les quatre vents et confond la terre avec le ciel dans une même nuit.

La mer aussitôt se soulève. Mon bateau tangue, gîte dangereusement, commence à prendre l'eau sous le déferlement des vagues. La prophétie de Calypso ! Zeus m'a oublié, je vais périr noyé ! Pourquoi ne suis-je pas mort en héros, comme Achille, en combattant sous les murailles de Troie ? J'aurais eu les honneurs de la guerre. Je vais mourir seul, abandonné de tous, et les hommes oublieront mon nom.

— Zeus, sauve-moi !

Une vague surgit des profondeurs, chavirant le bateau, le mât se rompt, les voiles s'enfoncent dans l'eau. Terrassé par le fracas des rouleaux qui se brisent, je coule à pic sans pouvoir remonter, trop alourdi par mes vêtements. Lutter, reprendre souffle, refaire surface. La tête enfin hors de l'eau, épuisé, je vomis l'écume amère comme la mort. Nager. Rejoindre le bateau. Se hisser dessus pour éviter la noyade. L'eau est glacée. La houle, au gré des courants, m'emporte ici et là, et les vents s'amusent à me ballotter. Mais Ino, la bienveillante déesse de la mer, prend pitié de moi.

— Pauvre Ulysse ! Pourquoi Poséidon te poursuit-il ainsi, toujours prêt, où que tu sois, à te tuer ! Je vais t'aider... Écoute-moi : abandonne le bateau et déshabille-toi pour nager vers les côtes de Phéacie, là, tu trouveras asile. Prends ce voile, couvre tes épaules et ton dos. Il te servira de protection divine contre la souffrance et la mort. N'oublie pas : dès que tu seras sur le rivage, détache-le et laisse-le partir à la mer sans te retourner.

Sur ces conseils, Ino disparaît dans le remous des flots aussi légère qu'une mouette.

Et si c'était un nouveau piège des dieux ? J'ai peur. Pourquoi quitter le bateau ? Je n'aurai ni le courage ni la force d'atteindre le rivage à la nage. Mieux vaut ne pas bouger et attendre. Mais Poséidon, aussitôt obsédé par sa rancune, provoque une vague gigantesque. Elle monte, se forme en voûte et s'écroule sur moi, disloquant les poutres du navire.

Se déshabiller, s'envelopper du voile et nager.

— C'est cela, erre encore, Ulysse ! Et souffre mille morts sur les mers ! Va donc voir là-bas si ces enfants de Zeus t'accueilleront ! Après, je crois que tu n'auras plus envie de me défier !

Satisfait de sa vengeance, Poséidon poursuit sa route. Et sur son char tiré par quatre chevaux aux sabots d'airain, il regagne son grand palais marin.

Athéna, la divine au regard perçant, a tout vu, tout entendu. Poséidon, son rival, n'aura certainement pas le dernier mot. Elle barre la route des trois autres vents et leur ordonne de se coucher. Puis elle demande à Borée, le vent du nord, de ramener les courants marins vers la terre, me poussant ainsi vers les côtes. Deux jours, deux nuits, je dérive à demi mort. Le troisième jour, le ciel se calme.

Le rivage est proche, presque à portée de cri. Malheur ! J'entends le bruit sourd des vagues qui s'écrasent contre les récifs. Aucun port en vue ! Pas une crique, rien que des rochers tranchants. Comment arriver sur l'île ?

— Zeus, je n'en peux plus ! Ne me laisse pas mourir si près du but !

Je voudrais m'accrocher aux rochers, mais le ressac m'entraîne et je lâche prise, les mains en sang. Longer la côte en regardant la terre, voilà ce qu'Athéna la bienveillante me suggère. Enfin, je trouve l'embouchure sablonneuse d'un fleuve aux eaux claires.

— Dieu du fleuve, qui que tu sois, prends pitié de moi ! Le naufragé qui te supplie a beaucoup souffert. Respecte sa douleur. Il fuit les menaces de Poséidon et te demande refuge.

Je sens mes forces m'abandonner, je n'ai rien mangé depuis des jours, ma peau est gonflée d'eau, mes yeux, brûlés par le sel. J'ai du mal à respirer, ma gorge et mes poumons me font mal. Tout est fini...

Mais les eaux du fleuve, soudain, s'écartent, découvrant le sable de la lagune. Combien de temps suis-je resté, étendu sans vie, sur le rivage, protégé par le grand voile d'Ino ? Nul ne le saura jamais !

— Grâce à toi, déesse blanche des eaux, je suis en vie et je te rends ton talisman. Que le courant du fleuve emporte ton voile vers la mer. Puisse-t-il aider d'autres marins ! Terre des Phéaciens, terre du blé où enfin je trouve refuge, à genoux je t'embrasse...

*

* *

Ulysse en se levant secoue les plis de son manteau. Quel étrange songe aujourd'hui, sous l'olivier ! Tant de visages différents. Femme, magicienne, nymphe, déesse, comme si chacune à sa façon avait dénoué les fils de son destin. Pénélope a rejoint l'Hadès depuis deux hivers déjà. Souvent, elle l'accompagnait jusqu'au champ d'oliviers. Et personne ne trouvait à redire, même si une femme doit rester dans sa maison à surveiller le tissage des vêtements, à s'occuper des servantes. Le temps d'une vie passe si vite. Bientôt, Ulysse aura fait le tour de la sienne et il rejoindra Pénélope. La mort est-elle triste si, dans l'autre monde, quelqu'un vous attend ?

13

Une terre d'accueil en Phéacie, chez Nausicaa

Lorsque le destin est en marche, rien ne peut l'arrêter, et pour qu'il s'accomplisse, les dieux souvent accompagnent les hommes. Athéna, au regard si perçant qu'il scrute l'âme et le cœur, leur apparaît en songe, ou bien prend mille formes pour les avertir ou les conduire à son gré. Elle connaît le roi Alcinoos, celui qui régit la Phéacie. Elle se servira de sa fille Nausicaa pour hâter le retour d'Ulysse à Ithaque. Et qui osera cette fois, parmi les dieux de l'Olympe, aller contre sa volonté ?

Lorsque je me réveille le corps douloureux et sale, je me fais horreur. Qui vit sur cette île ? Des brutes sauvages sans justice ou des hommes hospitaliers qui respectent les dieux ? Quel discours vont-ils tenir, celui des Nymphes ou celui des Cyclopes ?

— La balle est tombée dans les remous ! Qui va la chercher ?

On dirait la voix claire d'une jeune fille ! J'écarte les broussailles, des mules broutent l'herbe tendre, attelées à un char léger. Des suivantes, et leur maîtresse, sont venues laver du linge au fleuve, il est déjà plié et chargé. Elles jouaient à la balle en attendant qu'il soit bien sec et je n'ai rien entendu ! Qui sont-elles ? Comment faire pour les interpeller ? Si je cachais ma nudité avec une branche de figuier sauvage pour ne pas les effrayer ?

— Ne vous sauvez pas !

Seule la jeune maîtresse ne s'enfuit pas. J'hésite soudain, cela fait si longtemps que je n'ai pas rencontré d'humains, et encore moins une jeune fille. Comment lui demander de l'aide, sans la heurter ? Je suis nu et répugnant. Impossible de m'approcher d'elle, même si la coutume exige d'embrasser ses genoux pour lui demander l'hospitalité !

— Es-tu femme ou déesse ?

Sa beauté m'émeut.

— Trois fois heureux ton père et ta mère ainsi que tes frères, car tu fais sans doute, par ta grâce, le bonheur de ta famille. Et plus heureux encore celui qui t'épousera. Je t'admire, je te contemple, stupéfait. Ton teint est si clair ! Je n'ose pas t'approcher. Mais écoute, voici ce qui m'est arrivé. J'ai quitté l'île d'Ogygie sous bon vent, mais bientôt la tempête et la houle m'ont rudoyé sur la mer vineuse, tantôt rouge au crépuscule, ou violette dès la pointe de l'aube, chatoyante comme les reflets du vin. Après dix-huit jours d'errance, un dieu, enfin, m'a jeté sur votre rivage, sans doute pour y subir encore d'autres épreuves. Cela fait des années que je souffre ! Reine, prends pitié de moi. Je ne connais personne sur cette île à qui demander de l'aide. Indique-moi la cité la plus proche. Et si tu as dans ton linge un simple bout de toile, laisse-moi m'en vêtir ! Que les dieux t'accordent ce que tu désires, un mari, une maison, et que votre couple vive toujours en paix !

— Étranger, je suis Nausicaa, j'appartiens au peuple des Phéaciens, et mon père Alcinoos est roi. Je ne sais pas qui tu es, mais tu n'es ni fou ni malveillant. Zeus choisit seul le destin des hommes, aux uns le bonheur, aux autres le malheur, selon sa volonté. Tu dois donc supporter tes souffrances. Mais ici, sur notre terre, tu seras reçu selon les lois de l'hospitalité. Tu auras des vêtements propres et tout ce qu'il te faut pour vivre. Je t'accompagnerai jusqu'à notre cité.

« Et vous, mes suivantes, pourquoi vous enfuyez-vous ? Pensez-vous que cet homme soit un ennemi ? Mais vous savez bien que personne ne viendra semer la discorde au pays des Phéaciens ! Les dieux nous aiment trop ! Et puis, nous vivons au bout du monde, bien loin heureusement des autres hommes. Celui-ci est un naufragé, il a beaucoup souffert. Nous devons accueillir les mendiants et les étrangers envoyés par Zeus. Donnez-lui un châle propre, une tunique, et prenez un flacon d'huiles parfumées pour le laver dans le fleuve. Puis vous masserez sa peau brûlée par le sel.

— Nausicaa ! Que tes servantes soient rassurées. Je me laverai seul au bord du fleuve, car j'ai été souillé par toutes les impuretés de la mer et toutes les choses monstrueuses que j'ai vécues. En me touchant, elles seraient souillées elles aussi. Je ne me baignerai pas devant vous, car j'aurais honte d'être nu parmi celles dont les cheveux si beaux sont déjà une parure... !

Et seul, sur le bord du fleuve, je me lave et me purifie. Lorsque enfin je ressemble à un humain, je revis.

— Écoutez-moi, vous toutes ! Cet étranger est certainement protégé par un dieu de l'Olympe ! Vous avez bien vu, tout à l'heure, lorsque nous l'avons découvert, il avait l'air d'un mendiant ! Regardez-le maintenant ! Il paraît plus grand, plus vigoureux, et ses cheveux, retombant en boucles serrées comme des fleurs de jacinthe, donnent à son visage une étrange noblesse. Ah, si je pouvais être mariée à un tel héros... Mais je rêve ! Vite, donnez-lui plutôt à manger !

Je mange et bois avidement tout ce qui m'est offert. Il y a tant de jours que je jeûnais. Puis Nausicaa monte dans son char et, avec ses servantes, je la suis à pied. La cité est proche lorsqu'elle s'arrête et m'interpelle :

— Étranger, écoute-moi, tu dois te rendre au palais de mon père, mais sache qu'ici, la passion des Phéaciens, ce n'est pas la chasse ou la guerre. Nous n'aimons pas les arcs et les flèches, notre passion, c'est la navigation, les rames, les mâts, les bateaux bien profilés qui franchissent les eaux grises. Je ne sais pas ce que diraient les habitants de cette cité s'ils me voyaient avec toi. Ils croiraient peut-être que j'ai été chercher un étranger pour mari, alors qu'il y a tant de nobles Phéaciens ! Attends ici, dans ce jardin, c'est là que mon père a planté sa vigne. Laisse-moi le temps de traverser la cité et d'arriver au palais. Ensuite, demande ton chemin. Quelqu'un te conduira certainement chez mon père Alcinoos. En entrant dans le palais, tu le reconnaîtras. Il se tient généralement le dos au feu, et boit à petites gorgées un peu de vin doux. Ne t'adresse pas à lui en premier, mais demande l'hospitalité à ma mère Arété, fille de Rhexénor. Elle sera près du foyer, occupée à filer, à la lueur des flammes, un bel écheveau de laine pourpre. Fais ce que je te dis, et ils t'aideront à rentrer chez toi.

Comme prévu, j'attends dans le jardin d'Alcinoos, que Nausicaa arrive au palais. Lorsqu'il est enfin temps d'entrer dans la cité, je rencontre une petite fille portant une cruche d'eau et lui demande mon chemin. Curieusement, elle me prend aussitôt sous sa protection.

— Suis-moi en silence, ne fixe pas les gens, ne les questionne pas ! Ici, on n'aime pas beaucoup les étrangers.

Et sans que je le sache, la divine Athéna, sous les traits de la jeune enfant, me conduit au palais, me rendant par magie invisible aux yeux des hommes...

— Arété, fille de Rhexénor, je viens chez ton époux en homme meurtri, et j'embrasse tes genoux pour te demander l'hospitalité ! Que les dieux bénissent tes convives ici présents dans ton palais ! Peux-tu m'aider ? Je veux rentrer chez moi au plus vite, j'ai trop souffert loin des miens.

Sur ces mots, comme un mendiant, je m'assois dans la cendre, près du feu, guettant les réactions du roi, de sa femme et de leurs convives. Tous se taisent. Enfin le plus âgé des Phéaciens, Echéneos, prend la parole :

— Alcinoos ! Cela ne te ressemble pas de laisser ton hôte assis par terre dans la cendre ! Quel que soit son rang, dis-lui de s'asseoir sur un fauteuil clouté d'argent, et que l'on mange et boive en l'honneur de Zeus, ami de ceux qui demandent de l'aide.

Lorsque enfin les convives partent, rassasiés de mets et de vin doux, la reine Arété m'interroge avec méfiance. Elle a reconnu les vêtements que je porte, c'est elle qui les a tissés.

— Étranger, qui es-tu ? D'où viens-tu ? Qui t'a donné ces vêtements ? N'as-tu pas affirmé que c'était la mer qui t'avait entraîné ici ?

— Reine, si je devais te raconter la longue histoire de mes malheurs, comme les dieux l'ont voulu, ce serait interminable... Lorsque mon bateau a coulé, j'ai réussi en nageant à rejoindre vos côtes, mais n'ayant plus de force, je n'ai pas pu me hisser sur les rochers tranchants qui bordent l'île. Alors, je me suis laissé porter par le courant jusqu'à l'embouchure du fleuve. C'est là, sur le sable d'une petite lagune, qu'à demi mort, Nausicaa, ta fille, et ses suivantes m'ont trouvé. Elle a ordonné aussitôt que l'on me donne à boire et à manger, de quoi me laver dans le fleuve et des vêtements propres. C'est vrai, je suis un naufragé !

— Mais pourquoi ma fille ne t'a-t-elle pas accompagné jusqu'au palais ? Elle n'a pas respecté les règles de l'hospitalité, puisque tu lui avais demandé de l'aide en premier ! m'interrompt Alcinoos.

— Roi, ta fille est irréprochable ! C'est moi qui n'ai pas voulu la suivre. Si quelqu'un l'avait vue avec un homme, cela aurait peut-être entaché son honneur. Tu sais comme les hommes sont soupçonneux à l'égard des femmes !

— Étranger, tu es un homme droit ! Si tu voulais rester en ma demeure, je te proposerai d'épouser ma fille, mais aucun Phéacien ne t'empêchera de rentrer chez toi. Je fixe donc le jour de ton départ à demain, sur un vaisseau à cinquante-deux rameurs. Tu jugeras ainsi par toi-même la qualité de nos navires et de nos marins qui te ramèneront à bon port !

— Alcinoos, que Zeus t'entende !

Au palais, la nuit m'a semblé bien douce ! Cela faisait si longtemps que je n'avais pas dormi dans un lit aux draps de lin fin. J'embarquerai ce soir pour Ithaque, comme me l'a promis Alcinoos.

Dès l'aube, le roi m'a prévenu :

— C'est en ton honneur que je donne ce banquet, pour fêter ton départ. Et maintenant, que notre fidèle poète s'accompagne de sa lyre pour nous raconter les hauts faits des héros. Qu'on l'aide à s'installer, puisqu'il est aveugle, et toi étranger, j'espère que tu seras charmé par son récit.

Étrange coïncidence ? Volonté divine ? Le poète, soudain la voix vibrante, raconte la guerre de Troie. Les hauts faits des Grecs et ce qu'ils ont subi, la mort d'Achille, la ruse du cheval pour s'introduire dans la ville... Et, à travers cette épopée, il retrace ma vie, celle de mes compagnons, toutes ces années de guerre... Sans bruit, je pleure, le visage enfoui dans le châle qui couvre ma tunique, cherchant à dissimuler mon émotion à tous les regards. Alcinoos m'a-t-il surpris ? D'un geste, il demande que l'on arrête ce récit. A-t-il deviné qui je suis ?

Mais le banquet se poursuit. De jeux en divertissements, où lutteurs et danseurs se succèdent, la journée s'étire sans fin. Je n'en peux plus d'attendre. Je voudrais déjà être sur la mer...

— Étranger ! Tout est prêt maintenant pour ton départ ! Mais une seule question me tracasse, réponds-moi, puisque tu as été mon hôte. Qui es-tu ? Quel nom t'ont donné chez toi tes parents ? Dis-moi quelle est ta terre et qui est ton peuple, que nos vaisseaux te conduisent où tu veux. Car ils savent d'eux-mêmes, sans pilote, ce que pensent les hommes. Ils connaissent les villages et les terres fertiles. Ils peuvent franchir les gouffres de la mer et, malgré le brouillard, ils ne chavirent jamais. Mon père, autrefois, m'a révélé pourtant que Poséidon, jaloux de notre savoir, nous punirait un jour. Il fera sombrer un de nos bateaux revenant d'une expédition, et recouvrira notre cité d'une montagne. Que ce jour soit lointain ! Mais toi, dis-moi la vérité : où tes errances sur la mer t'ont-elles entraîné ? Qui as-tu rencontré dans ce terrible voyage ? Quel est donc ton secret, pour que tu pleures ainsi en entendant le récit de la guerre de Troie ? Qui connais-tu, mort là-bas au combat ?

— Je suis Ulysse, l'homme aux mille ruses, fils de Laërte, enfant de Zeus, le dieu des dieux. Ce nom, à lui seul, résume toute mon histoire, il est connu d'un bout à l'autre de la terre, et même jusqu'à l'Olympe. À cause de ce nom, la trace de mes pas sur l'île d'Ithaque, la rocheuse, la dernière dans la mer, celle qui a vu naître bien des guerriers, ne s'effacera pas. Je ne savais rien de la faim, de la peur, de l'errance, du désir, de la folie et de la mort sans gloire, avant de partir pour la guerre de Troie. Il m'a fallu vingt ans d'exil, vingt ans d'absence loin de tous, amis et ennemis, pour revenir enfin libre vers la vie...

Et le roi Alcinoos, entouré de ses convives, entend,

stupéfait, le récit de mes exploits résonner sous les hautes voûtes du palais...

Au petit matin, Ulysse est descendu jusqu'au port pour prier dans la grotte des Naïades, ces déesses belles et joyeuses comme les vagues qui dansent sous le soleil et le vent doux. Elles vivent, dit-on, dans la demeure de Phorcys, le Vieillard de la Mer. Il vaut mieux faire confiance aux divinités et leur offrir des sacrifices. Poséidon est rancunier, il n'a jamais vraiment pardonné à Ulysse de l'avoir défié. Et Ulysse ne l'honore pas non plus, car il l'a égaré au-delà de toute terre humaine. Ulysse déposera pour les Nymphes quelques olives de la première récolte dans un pot vernissé, sur la table des offrandes, près des masques de terre offerts par les marins. Plus loin, on voit encore des jouets d'enfants dont l'argile s'écaille. Il sait que Pénélope les avait apportés en secret aux divinités, pour préserver son fils de la mort. Puis, d'un pas lent, les rites accomplis, il repartira par le sentier vers sa haute demeure.

14

Retour à Ithaque

Malheur à moi, sur quelle île ai-je encore échoué ? Je ne reconnais rien dans ce brouillard ! Ce n'est pas Ithaque, mais une terre inconnue ! Que les dieux maudissent les marins phéaciens ! Je me suis endormi sur leur navire et ils m'ont débarqué sur le sable. Alcinoos a donc sacrifié un bœuf à Zeus en vain, et les libations, sur le port pour bénir mon retour, n'ont donc servi à rien ! Les Phéaciens m'ont trompé. Ils semblaient pourtant si émus au récit de ma vie, et tous prêts à m'aider. Comment ai-je pu leur faire confiance ? Que faire, maintenant, de leurs innombrables cadeaux : les cratères d'or, les chaudrons pour les ablutions et leurs trépieds de bronze, les vêtements richement tissés. Si je les laisse ici, ils risquent d'être volés. Les marins phéaciens, d'ailleurs, se sont peut-être déjà servis ! Que vais-je trouver sur cette terre : des brutes, des sauvages sans justice, ou bien des hommes hospitaliers qui craignent les dieux ?

— Eh toi, le pâtre ! Tu es le premier homme que je rencontre ici ! Ne cherche pas à me voler ! Dis-moi quels sont ton pays et ton peuple. Est-ce une île aride ou fertile ?

— Tu es vraiment bête, inconnu, ou viens-tu de très loin pour ne pas connaître ce pays ? Sur cette île escarpée, on trouve du blé et de la vigne. Terre de chèvres, terre à vaches, les forêts poussent aussi. Les pluies sont régulières et les sources claires. C'est pour cela, étranger, que jusqu'à Troie, tout le monde connaît le nom d'Ithaque.

Zeus, merci mon dieu ! Je suis sur ma terre natale, enfin ! Mais méfiance !

— Ami, c'est vrai, j'ai entendu parler d'Ithaque jusqu'en Crète, et j'y suis venu à mon tour avec ces biens que tu vois là !

Et sans rougir, je m'invente une histoire à faire pitié...

— Ulysse ! Même dans ton pays, tu ne t'arrêtes pas de ruser, de mentir et de tromper tout le monde ! Mais tu as beau être malin, tu ne m'as pas reconnu, moi, la fille de Zeus, celle qui t'aida dans chacune de tes épreuves, celle qui t'a gagné la confiance et l'amitié de tous les Phéaciens... Poséidon, d'ailleurs, n'a pas apprécié que ces merveilleux navigateurs te ramènent chez toi ! Pourtant, cette fois, je crois qu'il a vraiment perdu la partie, et grâce à moi, ton destin s'accomplira !

Athéna la divine ! Sous les traits d'un jeune pâtre ! Et voilà qu'elle m'apparaît maintenant sous l'aspect d'une femme belle et grande. Les dieux aussi aiment nous tromper... Que veut-elle me révéler ?

— Je suis venue te dire ce que le sort te réserve maintenant. Mais, quoi qu'il puisse t'arriver, ne révèle à personne, ni homme ni femme, que tu es de retour. Supporte les insultes des uns et les violences des autres sans un mot.

— Déesse, par ton père Zeus ! Je suis donc bien à Ithaque ? Mais je ne reconnais rien !

— Regarde, tu vois le port de Phorcys, la grande statue du Vieillard de la Mer et l'olivier feuillu au-dessus de l'entrée du port ? Et ici, la grotte où tu as si souvent offert aux Naïades les offrandes rituelles, pour qu'elles te protégent et secourent les marins ?

D'un geste divin, Athéna aussitôt chasse le voile épais du brouillard, et la terre apparaît. Alors, à genoux, bouleversé d'être revenu au pays, je baise la terre du blé, ma bonne terre d'Ithaque. Et je pleure, sans honte, enfin, comme tous les hommes heureux.

Mais Tirésias le devin ne m'avait-il pas prédit : « À peine arrivé chez toi, tu trouveras des hommes en train de dilapider ta fortune. Depuis longtemps, ils boivent et s'amusent à tes frais. Ils courtisent ta femme, Pénélope, et lui offrent des cadeaux, ainsi que le veut la coutume, lorsqu'ils convoitent une femme, pour conclure des alliances. Ils rêvent de devenir roi d'Ithaque à ta place. Tu leur feras payer leurs crimes par la ruse ou par la force. »

Assis sous l'olivier sacré, je regarde la mer où j'ai tant souffert, écoutant les instructions d'Athéna. Une fois encore, elle promet de m'aider, même si je dois combattre à un contre cent.

— Les présents reçus des Phéaciens une fois dissimulés dans la grotte des Nymphes, je te révélerai ce qui se passe chez toi, et comment attaquer tes ennemis. Ils veulent tuer ton fils, prendre ta femme et le pouvoir. Je vais te rendre méconnaissable, vieillir ta peau, faire tomber tes cheveux blonds et délaver ta pupille. Puis je t'habillerai de haillons crasseux, loqueteux. Comme manteau, tu porteras une peau de cerf râpée. Avec un bâton, une affreuse besace, tu seras hideux à voir, aussi bien pour tous les prétendants que pour ta femme et ton fils. Ensuite, tu te rendras chez Eumée, ton porcher, il a toujours de l'affection pour toi. Il aime ton fils et prend soin de la prudente Pénélope. Tu le trouveras près de la Roche au Corbeau, c'est là qu'il mène paître ses porcs. Reste avec lui et questionne-le longuement... Moi, pendant ce temps-là, j'irai à Sparte, où vivent de trop jolies femmes, retrouver ton enfant Télémaque. Il te cherche, Ulysse, et espère glaner quelques informations auprès du roi

Ménélas sur ta disparition. N'a-t-il pas été l'un des derniers à croiser ton bateau ?

— Pourquoi ne lui as-tu pas dit où j'étais, toi qui sais tout ? Tu voulais qu'il souffre à son tour, qu'il erre lui aussi sur la mer, et que d'autres en profitent pour le ruiner ?

— Ne t'inquiète pas pour lui ! C'est moi qui l'ai guidé pour qu'il soit reconnu, lui aussi, à cause de ses exploits. Il ne lui arrivera rien, même si certains le guettent en mer pour le tuer avant son retour.

15

La rencontre tant attendue avec Télémaque

— Arrière, les chiens ! La paix ! Eh bien ! Que fais-tu là, vieillard ? Un pas de plus et ils te dévoraient ! La paix, les chiens ! Couchés ! Approche, n'aie pas peur, il ne sera pas dit que, dans ma maison, les mendiants que Zeus nous envoie ne seront pas bien traités. Ah ! En te voyant ainsi, je ne peux m'empêcher de penser à mon maître Ulysse ! Il a peut-être faim lui aussi, errant sans abri dans un pays étranger, alors que moi, j'élève ici ses porcs bien gras, que d'autres ne se gênent pas pour manger. Mais entre plutôt dans ma cabane, j'ai du pain et du vin et même de la viande ! Entre, raconte-moi ce qui t'amène. Qui es-tu ? Vieillard, les vagabonds viennent souvent me parler de mon maître, mais on ne l'a jamais revu ! Où est-il, depuis vingt ans ? Ils inventent des histoires pour que Pénélope, sa femme, espérant toujours quelques nouvelles rassurantes, leur donne un manteau ou une tunique ! Mais rien... Il doit être aujourd'hui dévoré par les poissons. C'est plus fort que moi, chaque fois que j'en parle, je pleure. Il m'aimait tant...

Eumée n'a pas changé ! Toujours fidèle à son maître... Il ne peut s'empêcher de parler de moi, même à ceux qu'il ne connaît pas. Patience, les prétendants qui se pressent aux portes de ma demeure n'en ont plus pour longtemps. Mais ne va-t-il pas reconnaître ma voix ?

— Porcher, écoute-moi bien : je t'en fais le serment, Ulysse reviendra. À la nouvelle lune, à la fin de ce mois ou au début de l'autre, Ulysse arrivera ici chez toi. Souviens-toi de ce que je te dis et paie-moi pour cette nouvelle lorsqu'il entrera dans ta maison !

— Allons, vieillard, n'en parlons plus ! Cela me rend si triste... Sans compter que son fils Télémaque, lui aussi, est parti d'Ithaque jusqu'à Pylos[1], puis à Sparte, chez Ménélas, pour avoir des nouvelles de son père. Je sais que les prétendants veulent l'assassiner ! Mais dis-moi plutôt qui tu es. Quels sont tes parents, ta ville ? Sur quel navire es-tu venu, car je ne pense pas que tu sois arrivé à pied !

1. Ville du Péloponnèse, royaume de Nestor.

Pauvre Eumée, s'il savait qui lui parle sous ces haillons et cette peau de cerf râpée !

— Je suis né en Crète. Mon père était riche, mais ma mère était une esclave.

Et je m'invente une histoire mouvementée, pour qu'Eumée ne se doute de rien.

— Vieillard, ta vie et ton destin me touchent ! Ici tu ne manqueras de rien. Dors en paix près du feu. Voilà de quoi t'allonger sur le sol. Une peau de brebis et une de chèvre. Enroule-toi dans mon manteau. Il est épais, je le garde pour les grands froids. Moi, je dors dehors près de mon troupeau.

À l'aube, Eumée vient dans sa cabane pour déjeuner d'un morceau de pain, de fromage et de quelques figues. Ensuite, il partira avec son troupeau de cochons du côté de la Roche au Corbeau. Est-ce que je peux vraiment lui faire confiance ?

— Eumée et vous, ses compagnons qui travaillez avec lui, je voudrais aller mendier en ville, qu'en pensez-vous ? Je ne veux pas rester là à votre charge, à manger votre pain. Si j'allais jusqu'au palais d'Ulysse, je pourrais me mêler aux prétendants. Et s'ils font un festin, j'aurai peut-être droit à quelques miettes ?

— Tu veux vraiment mourir ? Alors, ne te mets pas cela en tête ! Dès qu'ils te verront en guenilles, ils te jetteront dehors ! Peu importe que tu sois vieux. Non, reste avec nous, personne ne se plaint de toi, ni moi ni mes compagnons. Et ne t'inquiète pas, quand le fils d'Ulysse rentrera, lui, il te donnera un manteau, une tunique, et il te conduira où tu voudras.

— Eumée ! Qui arrive chez toi ? Regarde, les chiens n'aboient pas et lui font fête !

— Télémaque ! Ô Zeus ! Que les dieux de l'Olympe soient bénis, je ne t'espérais plus ! Entre, que je savoure le bonheur de te voir ici. Tu ne viens pas souvent chez moi, on dirait que tu te plais en ville à contempler les prétendants !

— Allons, Eumée, ne te fâche pas ! Aujourd'hui, je suis venu pour que tu me renseignes : ma mère est-elle encore au palais ? A-t-elle épousé un autre homme et déserté le lit d'Ulysse ?

— Mais non, Télémaque ! Pénélope attend, toujours et encore, son mari. Et elle pleure le départ de son fils aussi. L'absence et l'incertitude de la mort, voilà ce qu'elle vit depuis vingt ans ! Entre et viens manger avec nous !

Mon fils, si grand ! Je le portais sur mes épaules lorsque je suis parti pour Troie. Mon fils ! Et tout ce temps passé sans lui... Puisse Athéna nous protéger maintenant que nous sommes réunis. Je n'avais pas imaginé en mer que nous nous retrouverions chez le porcher ! Dieux, comme le destin que vous m'avez tracé est incompréhensible !

— Ne te dérange pas, vieillard, on me trouvera un autre siège ! Bon père, d'où vient cet hôte ?

Télémaque interpelle Eumée à voix basse.

— Comment les marins l'ont-ils conduit ici ? Qui est-ce ?

— Je te raconterai son histoire. Il dit être né en Crète et a beaucoup souffert. Il est arrivé hier jusqu'à ma ferme, je l'ai recueilli, mais fais ce que tu veux de lui.

— Eumée, tu sais bien que je ne peux pas le prendre dans ma demeure. Tu connais la violence des prétendants, et je ne vois pas comment je le défendrais s'ils l'insultaient ! Je donnerai à cet étranger des vêtements neufs, un manteau, une tunique, et de quoi se nourrir. Je ne veux pas qu'il soit à ta charge. Et puis je le conduirai dans le pays de son choix. Qu'il reste là, prends soin de lui !

— Ami, je ne suis qu'un vieillard, étranger à Ithaque, mais j'entends ce que vous racontez, ce que complotent les prétendants dans la demeure d'Ulysse. Son peuple est-il au courant ? Qui soutient-il ? Toi, Télémaque, ou les prétendants ? Comment supportes-tu encore leur attitude ! Si j'étais le fils d'Ulysse, je préférerais mourir assassiné que de subir leurs violences : des étrangers insultés, des servantes abusées, toutes les amphores de bon vin bues, et dans les réserves, les jarres à grain vides ! Mais pourquoi accepter tout ce pillage et tous ces crimes ?

— Étranger, à vrai dire, le peuple ne m'en veut pas. Ce n'est pas lui qui me maltraite, et je peux compter sur les gens d'Ithaque. Mais, depuis des générations, Zeus n'a donné qu'un fils aux hommes de ma race.

Arcésios a eu Laërte. Laërte Ulysse, et Ulysse moi, Télémaque. Je suis resté seul au palais pendant l'absence de mon père, sans pouvoir m'appuyer sur le soutien de frères ou d'une parenté. Et maintenant, je suis assailli par des dizaines de prétendants. Tous veulent épouser de force ma mère, et tous ruinent ma maison en banquets et en luxe inutiles. Elle n'a pas d'autre choix : se donner la mort ou épouser un de ces criminels qui veulent m'assassiner.

« Mais pars vite, Eumée, va la prévenir que je suis rentré sain et sauf de Pylos. Ne parle à personne. On ne doit pas savoir que je suis ici. Et reviens aussitôt à la ferme.

— Télémaque, dois-je aussi avertir Laërte ? Depuis que tu es parti, il ne mange plus et n'a plus que la peau sur les os. Il pleure et reste à ne rien faire, ou bien erre dans les champs.

— Non, dis plutôt à Pénélope qu'elle envoie une servante fidèle, pour lui annoncer mon retour.

Aussitôt, Eumée prend son bâton et se met en route. Il est à peine sorti de la maison, qu'Athéna m'apparaît à l'entrée de la cabane, sous les traits d'une belle et grande femme, sage et avisée. Les chiens n'aboient pas. Effrayés, ils filent se cacher dans un recoin de la ferme. Télémaque, lui, ne remarque rien et ne devine pas sa présence. Mais les dieux ne se montrent pas à tous les yeux...

Pourquoi vient-elle ici, qu'a-t-elle à me dire ? Elle me fait signe de sortir.

— Ulysse, tu ne dois plus mentir à Télémaque, et vous devez, une fois le meurtre des prétendants organisé, rejoindre la cité. Je suis impatiente de me battre à vos côtés !

Aussitôt, elle me touche de sa baguette d'or et je rajeunis. Elle me grandit aussi, efface la fatigue, les rides des années passées sur la mer, et blanchit ma peau tannée par les vents. Aurai-je le courage, même ainsi transformé, d'affronter un fils que je ne connais pas !

— Qui es-tu, étranger ? Un dieu ? Te voilà brusquement changé ! Que nous veux-tu ? Épargne-nous, nous t'offrirons les offrandes rituelles et...

— Je ne suis pas un dieu, je suis ton père : Ulysse ! Laisse-moi enfin te serrer dans mes bras !

— Non ! Tu n'es pas mon père ! Quel dieu se moque de moi ? Je délire à trop souffrir de son absence, à le chercher partout, à croiser chaque étranger le cœur battant, espérant sans cesse qu'il soit enfin revenu. L'image de mon père m'obsède, et je crois voir dans ce vieillard le visage de celui que j'attends !

— Télémaque ! Je suis Ulysse, j'ai beaucoup souffert, à errer sur les mers pendant dix ans. J'ai connu la peur, la faim, la soif, la solitude et la mort. Maintenant je suis sans doute un autre homme... Mais je suis bien ton père ! Athéna est avec moi, c'est elle qui m'a transformé en vieillard, et rajeuni à présent ainsi.

J'avais tellement rêvé de cet instant : pleurer sans

honte dans les bras de mon fils, entendre sa voix et voir dans ses yeux l'étonnement, le désarroi et la joie. Zeus et Athéna, soyez remerciés, et vous tous, les autres dieux de l'Olympe, aussi ! Vous m'avez accordé de vivre ce que vivent tous les pères serrant sur leur cœur leurs enfants.

— Père ! D'où viens-tu ? Quel bateau ? Et les marins, de quels pays ? Au port, qui vous a vus ?

— Télémaque, je te raconterai tout ce que j'ai vécu, je ne te cacherai rien, mais Athéna m'a averti : nous devons punir au plus vite les traîtres ! Le temps presse, tu es en danger, et ta mère aussi ! Dresse-moi la liste de tous les prétendants qui doivent mourir.

— Père, je ne doute pas de ton courage ! Je connais tes exploits à la guerre et ton héroïsme à Troie, mais nous ne sommes que deux ! Si nous nous attaquons seuls à ceux qui sont au palais, nous allons nous faire massacrer. Mais tu sais peut-être, toi, qui pourrait nous aider ?

— Zeus et Athéna, est-ce que cela te suffit !

— Ce sont de bons renforts, mais ils sont sur l'Olympe !

— Crois-moi, ils ne se tiendront pas longtemps à l'écart et prendront part au combat. Maintenant, il faut que tu retournes au palais. Moi, Eumée le porcher me conduira jusqu'à la ville comme un vieillard pitoyable qui mendie. Si jamais les prétendants m'insultent dans le palais, s'ils me maltraitent, ne bouge pas, surtout ne dis rien. Écoute-moi bien, lorsque je te ferai un signe de la tête, tu prendras les armes de la grande salle pour les déposer dans la salle du trésor. Endors les soupçons des prétendants par de beaux discours. Tu peux prétexter que tu les mets à l'abri de la fumée, qu'elles ont rouillé ou bien que vous pourriez être tentés de vous en servir un jour, étant ivres. Laisse-nous seulement deux glaives, deux lances et deux boucliers à portée de main. Et n'oublie pas, si tu es le sang de mon sang, personne ne doit apprendre mon retour à Ithaque, ni Laërte, ni le porcher, ni aucun serviteur, pas même Pénélope.

Télémaque n'est pas encore arrivé au palais que les prétendants complotent une nouvelle fois pour le tuer. Antinoos, le premier, les pousse au crime.

— Amis, vous avez entendu comme moi la nouvelle ? Télémaque est revenu, dans un instant il sera là. Son bateau est déjà dans le port, et ses gens aussi Les dieux sont avec lui. Mais je doute pourtant que, lui vivant, nous puissions prendre le pouvoir. Il est habile, le peuple l'aime et ne nous suivra pas. Tuons Télémaque avant qu'il ne convoque une nouvelle assemblée pour dénoncer notre complot. Si le peuple l'apprenait, nous serions condamnés à l'exil. Alors emparons-nous de lui, dans les champs ou sur la route, et partageons-nous ses richesses. Quant à ses maisons, donnons-les à celui qui épousera sa mère Pénélope.

— Je ne suis pas pour un meurtre, Antinoos !

Demandons conseil aux dieux. S'ils approuvent cet assassinat, je le tuerai de mes mains et vous encouragerai à faire de même avec ses gens. Mais dans le cas contraire, renonçons !

— Nous sommes d'accord avec toi, Amphinomos. Mais voilà Pénélope avec ses suivantes, taisons-nous !

— Antinoos, on dit que c'est toi l'homme le plus sage d'Ithaque ! Alors tu es devenu fou pour machiner le meurtre de mon fils Télémaque ! Tu as sans doute oublié que c'est Ulysse qui a sauvé ton père de la mort, alors que nos alliés voulaient le tuer. Mais toi, tu ne te souviens de rien... Tu manges sans honte ses biens, tu convoites sa femme, tu assassines son fils.

— Rassure-toi ! Il n'est pas né, celui qui osera porter la main sur ton fils. Personne, ici, n'a oublié Ulysse, et moi, Eurymaque, je me souviens que, lorsque j'étais enfant, il me prenait sur ses genoux. Télémaque est pour moi un ami très précieux. Il ne doit craindre aucun de nous, ni Antinoos que tu accuses, ni moi, ni personne !

— Venez, mes suivantes, je regagne ma chambre, je ne veux pas rester plus longtemps ici ! Leur hypocrisie et leur violence m'effraient.

Au petit matin, Télémaque, comme prévu, interpelle le porcher :

— Eumée, je pars ce matin à la ville, ma mère doit être en larmes ! Elle restera prostrée tant qu'elle ne m'aura pas revu. Tu conduiras l'étranger en ville, qu'il mendie son pain. Je ne peux pas entretenir tout le monde ; autant parler franchement.

Désormais, notre vengeance est en marche, rien ne pourra l'arrêter. Télémaque va rejoindre le palais pendant que j'arriverai en ville avec Eumée.

— Télémaque est de retour !

Euryclée, sa nourrice, l'aperçoit, crie, pleure de joie et court vers lui. Les servantes à leur tour se précipitent. Pénélope les entend, sort de sa chambre et prend enfin son fils dans ses bras.

— Télémaque, te voilà revenu ! Je ne t'espérais plus. Pourquoi ce départ secret pour Pylos ? Qu'as-tu appris sur ton père chez le roi Ménélas ?

— Mère, ne pleure plus, puisque je suis là ! Promets-moi plutôt d'offrir aux dieux une hécatombe, ce sacrifice de cent bœufs en leur honneur, le jour où Zeus nous vengera. Quant à moi, je vais chercher en ville un étranger, Théoclymène, qui a embarqué pour le voyage de retour sur mon bateau. Je veux l'inviter au palais. Je te rejoindrai dans ta chambre pour te raconter tout ce que je sais.

— Allons, mère, calme tes pleurs devant Théoclymène, notre hôte. Voici ce que j'ai appris sur Ulysse au cours de mon voyage. Je suis d'abord parti chez Nestor, le vieux roi de Pylos. Il ne savait rien, mais il m'a fait conduire chez Ménélas à Sparte. Ménélas prétend que Protée, le dieu marin, lui a révélé la présence d'Ulysse chez une Nymphe. Il serait prisonnier sur l'île de Calypso et ne pourrait plus repartir, n'ayant ni vaisseau, ni rames, ni marins. Je n'en sais pas plus !

— Pénélope, toi qui es toujours fidèle à Ulysse, tu vois, Télémaque ne peut pas te dire grand-chose ! Mais moi, Théoclymène, ma prédiction sera claire, et que Zeus m'en soit témoin, dans cette demeure où tu me reçois aujourd'hui. En vérité Ulysse a déjà regagné son île, il s'y cache, il rôde, informé des complots et des crimes qui se trament parmi les prétendants. Crois-moi, j'en ai vu le signe dans le ciel lorsque nous revenions à Ithaque sur le bateau de Télémaque.

— Puisses-tu dire vrai, mon hôte !

*

* *

Les servantes ont allumé le feu dans la salle. Elles filent et tissent la laine sans parler. Elles sortent les couvertures des coffres, veillent à l'huile dans les lampes. Elles sont jeunes, elles aimeraient bien jouer de la lyre, chanter ou rire. Elles n'osent pas déranger le maître qui regarde, songeur, le jeu des flammes. Et l'ombre de l'arc qu'il tient à ses côtés dessine sur le sol des formes étranges. Les servantes se sont retirées sans bruit, laissant Ulysse seul avec le malheur des heures passées qui hante son sommeil. Mais il sait qu'au bout de la nuit, l'aube revient toujours et, avec elle, la lumière et la vie.

16

Face aux prétendants

Je marche sur le chemin glissant, la besace en bandoulière, appuyé sur mon bâton comme un vieillard. Voici donc le retour triomphant d'un héros à Ithaque ! Un gueux en haillons, un mendiant, qui suit un porcher. Dans le palais, je me mêlerai à la foule, guettant un signe d'Athéna, m'indiquant le moment favorable pour me venger de toutes les trahisons.

Feindre, ruser, mentir, endurer, se maîtriser, j'ai appris à le faire pendant vingt ans. Alors, je ferai encore semblant de ne pas entendre les insultes ni de voir les affronts, dans mon propre palais. Mais comment rencontrer Pénélope sans que ma voix tremble ? Comment la regarder sans faiblir ? Je n'ai rien oublié d'elle, son visage, son parfum, ses rires de jeune femme comblée par la naissance d'un fils ! Comment m'a-t-elle imaginé pendant une aussi longue absence : en héros, en guerrier, en mari ou en père ? Me reconnaîtra-t-elle et m'aimera-t-elle encore ?

— Eumée, voici sans doute le palais d'Ulysse ? Les maisons sont imbriquées les unes dans les autres, et la cour est entourée d'une enceinte bien fermée par de lourdes portes. Qui pourrait attaquer une telle forteresse ? Mais n'entends-tu pas la lyre des poètes ? Et je sens comme une odeur de graisses cuites ! On prépare un festin ? Va devant, Eumée, rejoindre les prétendants. Je reste ici, près de la porte.

— Étranger, ne traîne pas, on pourrait, en te voyant ainsi dehors, te frapper ou te chasser.

— Eumée, j'ai beaucoup souffert à la guerre comme sur la mer, je suis résigné ; c'est ce ventre-là qui a toujours faim ! Il m'oblige à mendier ! Allez, va, pars devant.

Vieux chien, allons, pousse-toi un peu du chemin ! Tu remues la queue pour me faire la fête comme si j'étais ton maître ! Argos ! Ô Zeus ! Le jeune chien qui courait dans mes jambes ! Mon brave chien de chasse, couvert de tiques, couché sur le fumier ! Argos ! Vieux chien, je suis revenu ! Crois-moi, tu reprendras ta place près du feu, et nous irons tous les deux par le sentier pierreux contempler la mer. Comme autrefois, je m'assiérai sous les oliviers, et toi, mon bon chien, tu te reposeras à mes pieds. Argos, mon fidèle, toi seul me reconnais, même sous ces haillons... Eumée, à qui appartient ce chien ?

— C'est le chien d'Ulysse. Depuis qu'il est parti, personne ne s'occupe plus de lui. Souvent, je me demande s'il n'attend pas le retour de son maître pour mourir...

Ému, je m'approche du chien pour le caresser, mais ses yeux sont vitreux, ses pattes raides, il est mort dès qu'il m'a revu. Eumée marche devant, il n'a rien remarqué.

Me voici donc chez moi ! Et tandis que les prétendants ripaillent, je vais tendre la main pour avoir un peu de pain ! Je saurai comment ils accueillent les étrangers sur la terre d'Ithaque, et s'ils respectent les vieillards qui mendient. Mais, déjà, Antinoos prend Eumée le porcher à partie...

— Pourquoi as-tu amené ce mendiant ici ! N'y en a-t-il pas déjà assez en ville, pour venir troubler nos festins ? Une foule de gens dévore le bien de ton maître, il t'en faut encore un !

— Tu es dur, Antinoos, envers les serviteurs d'Ulysse, et envers moi surtout ! Mais cela m'est bien égal, tant que la sage Pénélope est encore au palais avec son fils Télémaque.

Télémaque prend alors la parole :

— Tais-toi, Eumée ! Ne lui réponds pas, tu perds ton temps ! Antinoos aime exaspérer les gens avec ses propos durs, et inciter les autres à l'imiter. Antinoos, tu es vraiment un père pour moi ! Merci de me conseiller d'expulser ce mendiant de ma salle, par la force. Les dieux me préservent d'un tel acte ! Mais prends quelque chose sur ma table et donne-le-lui, je ne t'en voudrai pas. Je t'y invite même. Ne crains ni mes reproches ni ceux de ma mère ! J'oubliais, tu aimes bien mieux dévorer le bien des autres que de le donner.

Aussitôt, je me mets à mendier. Tous me donnent, qui du pain, qui de la viande, et j'interpelle Antinoos :

— Chez toi, tu n'offrirais pas un grain de sel à un mendiant, toi qui es riche et assis à la table d'un autre ?

— Tu ne sortiras pas d'ici comme cela, puisque tu m'insultes !

Antinoos, furieux, prend un siège sous la table et le lance. Il m'atteint en pleine volée, dans le dos, à l'épaule. Mais je supporte le coup sans broncher. Sur le seuil de la porte, je l'invective encore :

— Écoutez-moi, prétendants de la reine, si on frappe un homme qui défend ses richesses, un bœuf ou une brebis, ce n'est pas grave. Mais moi, c'est parce que j'ai faim qu'Antinoos m'a frappé. S'il y a un dieu pour les mendiants, que la mort l'emporte !

À ces mots, certains prétendants s'affolent :

— Antinoos, tu n'aurais pas dû brutaliser cet étranger ! C'est peut-être un dieu ! Les dieux, prenant différentes formes, font parfois le tour des villes pour mesurer la violence ou le courage des hommes !

Mais Antinoos se moque de leurs reproches. Télémaque, blanc de rage, ne dit rien. Je sais qu'Eumée se débrouillera pour avertir Pénélope de ce qui s'est passé.

— Pénélope ! Antinoos a frappé un mendiant qui demandait du pain dans la salle. C'est Eumée le porcher qui me l'a rapporté !

— Que dis-tu, nourrice ? Je les hais tous ! Antinoos, c'est la mort en personne. Demande à Eumée d'accompagner ce mendiant étranger jusqu'ici. Il a peut-être entendu parler d'Ulysse ou même l'a-t-il vu, car je crois qu'il a beaucoup navigué. Je veux le rencontrer en tête à tête. Quant aux prétendants, qu'ils s'enivrent, qu'ils se goinfrent de viande en sacrifiant nos vaches, nos moutons et nos chèvres bien grasses. Bientôt, il n'y aura plus rien. Qui d'autre qu'Ulysse pourrait défendre notre maison ? Ah, s'il revenait dans sa patrie... Avec son fils, il leur ferait vite payer tous leurs abus.

Eumée, sur les ordres de Pénélope, vient me chercher sur le seuil de la grande salle. Je dois ruser et la faire patienter jusqu'au soir.

— Eumée, je suis prêt à dire toute la vérité à Pénélope ! Mais j'ai peur des prétendants, ils ont trop bu. Ils risqueraient encore une fois de me prendre à partie. Dis à Pénélope que je viendrai plus tard, au coucher du soleil.

Le soir venu, quelle violence dans ce palais ! Servantes, prétendants, tous m'ont insulté sans retenue et même frappé. Iros, le mendiant attitré, croyant m'imposer sa loi, m'a attaqué comme un chien vorace. Voir deux gueux qui se battent entre eux excitait les rires des prétendants. Qu'est devenue la douceur de vivre à Ithaque ? Comment y accueille-t-on les hôtes ! Pénélope est descendue dans la salle, séduisant tour à tour les prétendants. Elle affirmait qu'Ulysse, en partant pour la guerre de Troie, lui avait dit de se marier dès que Télémaque serait un homme, s'il ne revenait pas. Ma femme est rusée ! Ils vont se déchirer entre eux pour la posséder.

Son visage n'a pas changé, ou si peu, sa peau est fine et blanche comme l'ivoire, son corps souple sous le plissé de sa tunique. Qu'elle est belle et désirable ! Et ces imbéciles se laissent prendre à son jeu. Ils courent lui chercher des présents, croyant déjà coucher avec elle, dans mon lit. Et c'est à qui lui offrira les plus belles coupes d'or, les voiles les plus richement brodés, un collier aux perles d'ambre, des boucles d'oreilles. Eurymaque flatte sa beauté, espérant bien être choisi pour les noces... Pénélope, les ayant dupés encore une fois, se réfugie dans sa chambre, à l'étage. Alors, satisfaits d'eux-mêmes, ils retournent s'enivrer et danser.

— Ils sont odieux ! Je les hais ! Je les tuerai tous !

Mais puisqu'ils sont rentrés chez eux maintenant, je dois rejoindre Télémaque dans la salle pour cacher les armes, les casques, les lances et les boucliers. Il ne faut pas qu'ils restent à portée de main.

Tout est calme. Les servantes sont enfermées dans leurs chambres, Euryclée, la fidèle nourrice, s'en est chargée, trop heureuse de servir Télémaque. A-t-elle vraiment cru ce qu'il lui racontait, que la fumée du foyer abîmait les armes, qu'elles rouillaient et qu'il fallait les mettre à l'abri. Elle n'a pas posé de question. Le destin est en marche.

17

Confidences nocturnes

Télémaque a raison, comment tuer tous les prétendants ? Qu'Athéna m'aide ! Mais on vient dans la grande salle, j'entends des pas ! Une servante ranime le feu... Pénélope ! Elle est descendue de sa chambre. Comme mon cœur s'emballe tout à coup... Pénélope, si près de moi. Elle fait approcher deux sièges pour que l'on soit face à face. Quels mensonges inventer ? Je tremble d'émotion.

— Étranger, je voudrais te demander : qui es-tu ? D'où viens-tu ? Quels sont tes parents et ta ville ?

— Femme, ne me demande pas ma race et ma patrie ! J'ai trop souffert. Le souvenir de mon passé ne peut que me faire pleurer.

— Étranger, moi aussi, je pleure sur mon passé ! Mon mari est parti, il y a vingt ans, pour la guerre de Troie, et je ne l'ai jamais revu. S'il était là, il prendrait soin de moi. Aujourd'hui, tous les seigneurs qui règnent sur les îles proches et tous ceux qui vivent à Ithaque veulent m'épouser contre mon gré. Ils pillent et ruinent ma maison. Que de ruses je dois inventer pour les tromper ! J'avais même fait dresser un métier à tisser assez large, pour un grand voile de lin fin. Et je leur avais dit : je sais qu'Ulysse est mort, mais patientez ! Il faut bien un linceul pour ensevelir Laërte, son père, lorsque la mort viendra. Puisque sa femme n'est plus, c'est mon devoir de tisser ce voile à sa place. Dès que j'aurai fini mon ouvrage, je me remarierai. Le jour, je tissais sans relâche, et la nuit, à la lueur des torches, je défaisais tout mon travail. Pendant trois ans, j'ai pu tromper les prétendants, mais les servantes ont trop parlé. Ils m'ont surprise, furieux qu'ils étaient, et m'ont contrainte à terminer ce linceul sans tarder. Qu'inventer d'autre, maintenant, pour repousser les noces ? Mes parents me pressent de me marier, et mon fils ne supporte plus de voir ses biens dilapidés ! C'est un homme maintenant. Mais toi, dis-moi qui tu es et d'où tu viens.

— Pénélope, digne femme d'Ulysse, puisque tu insistes, je vais te répondre : je viens de Crète, une île au centre de la mer... Oui, j'ai vu Ulysse, dans ma demeure...

J'embellis mes mensonges en donnant des détails,

pour que Pénélope me croie. Elle pleure sans bruit, je n'ose plus parler.

— Étranger, je voudrais être certaine que c'est bien Ulysse et ses compagnons que tu as reçus chez toi. Te souviens-tu de ses vêtements ?

— Femme, comment savoir ? Cela fait si longtemps ! Mais je me souviens d'une chose : pour fermer le drapé de sa tunique, il avait un bijou en or, un chien tenant un faon entre ses pattes.

— C'est moi qui le lui ai offert ! Le jour de son départ, je l'ai même accroché sur sa tunique. Je le sais. Ulysse ne reviendra plus. Le sort en a décidé ainsi. Mais toi, étranger, tu seras toujours un hôte respecté dans ce palais.

— Pénélope, ne pleure plus, écoute-moi plutôt : j'ai appris qu'Ulysse était parti consulter les oracles de Zeus à Dodone[1]. C'est là que le père des dieux parle à travers le bruissement des chênes sacrés. Ulysse veut savoir s'il doit rentrer dans sa patrie au grand jour, ou caché. Il est vivant, il arrivera ici bientôt, il ne restera pas plus longtemps loin des siens. Je t'en fais le serment devant Zeus !

J'essaie de la convaincre sans me trahir, mais en vain. Demain, elle sera mariée de force à un homme qu'elle déteste, un de ces jeunes tyrans qui opprime le peuple pour mieux l'asservir.

— Si tu pouvais avoir raison, étranger ! Mais un

1. Ville d'Épire fameuse dans l'Antiquité pour son oracle de Zeus, l'un des plus anciens de la Grèce.

mauvais pressentiment m'obsède : Ulysse ne reviendra pas. Servantes ! Lavez les pieds de mon hôte, comme le veut la coutume pour les invités. Et préparez-lui des vêtements propres, un lit, des draps fins. Demain, il s'assiéra à table à côté de Télémaque.

— Reine, digne femme d'Ulysse, ne te soucie pas de moi. Je préfère dormir par terre, là, sur des peaux de brebis dans le vestibule, comme jadis, pendant toutes mes nuits sans sommeil. Et celle qui me lavera les pieds, que ce soit une vieille femme, qui a autant souffert que moi.

— Euryclée, la nourrice d'Ulysse, s'occupera de toi.

— Étranger ! Voici le chaudron pour les ablutions ! Je suis la nourrice, et je dois te dire que beaucoup d'hôtes sont venus ici dans ce palais ! Mais ta ressemblance avec Ulysse est frappante, la taille, la voix, les pieds.

Cette vieille nourrice est toujours aussi maligne. Pourvu qu'elle ne se doute de rien ! Autant se reculer dans l'ombre, qu'elle ne regarde pas de trop près mon visage, me reconnaisse et fasse échouer nos plans. Mais, en me lavant, elle va toucher ma cicatrice ! C'est elle qui a soigné cette blessure faite par un sanglier. Même si j'étais alors un enfant, elle s'en souviendra sûrement. Comment l'empêcher de parler, si elle comprend qui je suis ?

— Ô Zeus ! Mais... tu es Ulysse ! Mon enfant !

De stupeur, Euryclée renverse le chaudron, et l'eau ruisselle sur le sol. Pénélope, perdue dans ses pensées, n'a rien entendu.

— Ne crie pas, Euryclée ! Tu veux donc me perdre, toi qui m'as nourri, alors que je reviens dans ma patrie. Pas un mot, personne ne doit apprendre que je suis là ! Et si tu me trahis, je te tuerai, toi aussi, quand j'aurai massacré les prétendants, même si tu as été ma nourrice ! Tiens ta langue et fais confiance aux dieux...

Lavé et frotté d'huile, je m'approche du feu. J'ai froid sous ces haillons. Pénélope, songeuse, regarde les flammes.

— Étranger, un jour, j'ai fait un rêve étrange, peut-être sauras-tu l'interpréter ?

— Des oies massacrées par un aigle ! Les oies, ce sont les prétendants, et l'aigle, Ulysse... Ce songe est un bon présage, Pénélope. Crois-moi, la mort approche pour les prétendants, et Ulysse tient sa vengeance !

— Étranger, tu le sais, les songes sont confus, et bien peu se réalisent. Ce ne sont parfois que des paroles vaines. Mais écoute-moi, demain à l'aube, je devrai épouser un des prétendants, mais lequel ? Tous me font horreur ! Alors, pour les départager, je leur ferai subir une épreuve : celle des haches. Ulysse en alignait douze, ensuite il s'éloignait, tendait son arc et, d'une seule flèche, traversait les anneaux de bronze juste au-dessus des lames à double tranchant. Celui qui réussira à tendre l'arc d'Ulysse, et d'une seule flèche comme lui, traversera les haches, celui-là, je l'épouserai, je le suivrai dans son palais. Je quitterai cette maison où j'ai tant de souvenirs.

— Surtout, Pénélope, ne renonce pas à cette épreuve ! Crois-moi, avant qu'un seul d'entre eux ait réussi à tendre l'arc d'Ulysse, il sera là.

— Étranger, si je pouvais t'écouter toute la nuit ! Ta voix et tes paroles me réconfortent, mais il se fait tard, la nuit avance. Je dois regagner ma chambre.

Cet arc, c'est un cadeau d'un étranger croisé autrefois en Laconie, Iphitos. Il cherchait là des juments et des mules qu'on lui avait volées. Pour sceller notre amitié, nous avions échangé nos armes. Je lui donnai un glaive et une lance, lui me donna son arc, et un carquois de bonnes flèches. Je ne l'ai jamais revu. Je sais qu'il a été tué par Héraclès, chez qui il était venu récupérer ses bêtes. Ce cadeau m'est précieux, et je ne me sers pas de cet arc à la guerre. Il reste dans le coffre dont seule Pénélope a la clé.

— Pourquoi ne dors-tu pas ? Tu es chez toi, ta femme est là, tu as retrouvé ton fils. Il est beau, généreux et réfléchi ! Qui ne voudrait pas être son père ? Que te faut-il de plus ?

— Athéna ! déesse qui scrute l'âme et le cœur, tu as raison ! Mais je suis inquiet, je me tourne et me retourne sans dormir. Je cherche un moyen pour tuer ces misérables prétendants. Je suis seul, ils sont nombreux, tous réunis ici. Et puis, si je les tue, grâce à toi ou à Zeus, que se passera-t-il, où irai-je me réfugier ?

— Ulysse, tu le sais, je n'ai qu'une parole ! Moi, je ne suis pas comme vous les humains, je te protégerai toujours et te tirerai de tous les mauvais pas. Dors maintenant, demain, tes malheurs seront terminés.

Qu'ils festoient, oui, qu'ils s'enivrent et se gavent de viande rôtie, des bêtes égorgées qui ne leur appartiennent pas, sous prétexte de fêter le dieu Apollon ! Mais s'il rend les cœurs joyeux, ce dieu du soleil montre au grand jour des ombres dangereuses. Il peut aussi, comme un archer, décocher des flèches meurtrières. Qu'ils s'amusent donc, les prétendants, et les servantes toujours prêtes à se glisser dans leur lit, aussi. Tous seront démasqués. Leur mort approche. Que le vin coule dans les cratères, quel fastueux festin ! Et qu'ils m'insultent, passant outre l'interdiction de Télémaque. Quelle débauche avant la mort sanglante ! Eumée le porcher et Philétios le bouvier sont des hommes sûrs et ils me sont restés fidèles. Ils m'aideront. Patience ! Ma colère va bientôt se déchaîner ! Mangez, riez, frappez les mendiants aux portes du palais, complotez la mort de mon fils Télémaque, outragez ma femme Pénélope... Ma vengeance sera terrible.

18

L'arc de la vengeance

— Écoutez-moi, vous qui, profitant de l'absence d'un homme pour dilapider son bien, n'avez d'autre désir que de prendre sa femme, je vous mets au défi : j'épouserai celui qui réussira, avec l'arc d'Ulysse, à traverser d'une seule flèche douze haches alignées. Celui-là, j'accepterai de le suivre dans sa maison. Eumée, présente aux prétendants l'arc, les flèches et les haches !

Eumée, tenant l'arc dans ses mains maladroites, se met soudain à pleurer, et le bouvier Philétios, aussi. Ils pleurent Ulysse, leur maître...

— Cela suffit ! Paysans puérils ! Vous ne croyez pas que Pénélope a suffisamment souffert d'avoir perdu son époux ! Cessez de pleurer, ou sortez de cette salle ! enrage Antinoos. Cette épreuve est difficile pour tous les prétendants ! J'ai vu, moi, Ulysse tendre cet arc, et je ne sais pas s'il y a ici un seul homme capable de l'égaler.

Quel traître ! Je suis certain qu'il croit, lui, pouvoir tendre mon arc. Je le tuerai en premier.

— Allons, commençons ! Vous connaissez l'issue de cette épreuve, et je ne vous vanterai pas les qualités de ma mère. Mais je vais essayer, moi aussi, de tendre l'arc de mon père. Si je gagne, elle ne quittera pas ce palais.

Pourquoi Télémaque relève-t-il ce défi ? Les haches, dressées dans le fossé que l'on a creusé, sont déjà alignées. Trois fois, il manque de force pour le tendre, mais il n'en est pas loin. Comment lui faire signe d'abandonner l'épreuve ? S'il réussit, les prétendants se jetteront sur lui pour le tuer. Notre plan échouera... Enfin ! Il m'a vu et il pose l'arc. Qui sera le prochain concurrent ?

— Amis, cet arc est impossible à tendre sans perdre le souffle et la vie ! Je renonce, et ceux qui veulent épouser Pénélope en essayant l'arc, à mon avis, ils choisiront une autre femme d'Ithaque !

— Pourquoi dis-tu cela, Léiodès ? Ce n'est pas parce que tu n'es pas né archer que les autres ne réussiront pas !

Comme il a du mal, Antinoos, à cacher sa satisfaction avec ses propos mielleux.

— Que l'on allume un gros feu dans la salle, pour

chauffer la corde de l'arc ! Et apportez un grand morceau de cire pour la graisser.

Mais rien à faire, chacun a beau essayer, tous échouent. Il ne reste plus qu'Antinoos et Eurymaque ! C'est le moment !

— Porcher, et toi, bouvier, sortons dans la cour, je voudrais vous parler !

— Seriez-vous prêts à lutter pour Ulysse, si par hasard il revenait ici à l'improviste, conduit par un dieu ? Seriez-vous pour lui ou pour les prétendants ?

— Que le maître revienne, et tu n'imagines pas la force de ces deux mains, répond le bouvier.

— Et des deux miennes ! renchérit Eumée le porcher.

Je le savais.

— Regardez-moi ! Je suis Ulysse. Je reviens dans ma patrie après vingt ans d'absence. Vous êtes les seuls à attendre fidèlement mon retour. Mais si un dieu m'aide à écraser les prétendants, je m'en souviendrai. Vous aurez chacun une femme, des biens, une bonne maison, et je vous traiterai comme les amis de Télémaque. Vous voyez cette cicatrice : une blessure faite à la chasse par un sanglier ! Vous vous en souvenez ? C'est la preuve que je suis bien Ulysse. Je ne vous ai pas menti, vous pouvez me faire confiance. Maintenant, rentrons dans la salle séparément, moi le premier, vous après, et convenons d'un signe. Les prétendants vont sûrement refuser de me donner mon arc et mon carquois de flèches. Toi, Eumée, tu traverseras la salle pour me l'apporter. Ensuite, va dire à la nourrice Euryclée de verrouiller les portes qui donnent dans la salle. Qu'elle ordonne aux servantes de rester à leur travail même si elles entendent des cris. Toi, pendant ce temps-là, Philétios, ferme les portes de la cour au verrou, et bloque-les avec une corde. Faites exactement ce que je vous ai dit. Maintenant, rentrons !

C'est au tour d'Eurymaque, mais il a beau tourner et retourner l'arc, rien à faire. Il a raison d'avouer qu'il a honte ! Il n'est pas aussi fort que moi. Antinoos est plus rusé. Il interpelle Eurymaque :

— Aujourd'hui est un jour de fête à la gloire d'Apollon, peut-être vaut-il mieux offrir quelques sacrifices au dieu et verser dans nos coupes du vin pour les libations, avant de tirer à l'arc, non ?

Qu'ils offrent donc des cuisseaux de chèvres en l'honneur d'Apollon, qu'ils boivent leurs coupes pleines de vin doux ! C'est le moment !

— Écoutez-moi tous, prétendants de la reine, et vous, Eurymaque et Antinoos, je voudrais moi aussi éprouver ma force et voir si ma vie errante ne l'a pas affaiblie.

— Étranger, tu es complètement fou, ou tu as trop bu ! Cela ne te suffit pas de manger avec nous et d'écouter nos propos ! Antinoos hurle sa colère. Si tu tends l'arc, tu es un homme mort. Bois donc et ne te confronte pas à plus jeune que toi !

Pénélope aussitôt intervient :

— Antinoos, comment peux-tu insulter les invités de Télémaque, de quelque condition qu'ils soient ? Tu crois vraiment que si cet étranger tendait l'arc d'Ulysse, il m'emmènerait chez lui pour m'épouser ? Il n'y a même pas pensé.

Eurymaque renchérit :

— Nous ne craignons pas une alliance improbable entre une reine et un vieillard qui mendie, mais l'opinion du peuple ! Comment réagira-t-il, s'il apprend qu'un gueux, venu d'on ne sait où, a tendu l'arc plus facilement que nous, et traversé les haches ? Les gens penseront qu'il vaut mieux que tous les prétendants ! Quelle honte pour nous !

— Eurymaque, qui peut garder sa réputation auprès du peuple, quand il dévore et déshonore la maison d'un homme noble ? De quelle honte parlez-vous ? Cet étranger est grand et bien bâti. Donnez-lui l'arc, que nous voyions. Si Apollon lui attribue la gloire de le tendre, je lui offrirai un manteau, une tunique, des sandales et un glaive. Puis je le conduirai à bord de nos bateaux, dans le pays de son choix...

— Mère, c'est à moi de donner cet arc, ou de le refuser à qui me plaît ! Aucun seigneur ici présent ne pourrait m'empêcher même de le lui donner pour qu'il l'emporte, si telle était ma volonté. Remonte dans ta chambre et restes-y à filer ta quenouille, ou à tisser ! Que tes suivantes t'accompagnent et se mettent elles aussi à l'ouvrage ! Le jeu de l'arc est une affaire d'hommes, et mon affaire en premier, car ici c'est moi qui commande.

Je vois Pénélope pâlir, stupéfaite par l'autorité soudaine de Télémaque. Mais elle regagne sa chambre, sans un mot.

Eumée aussitôt m'apporte l'arc sous les insultes et les menaces des prétendants. Je sais qu'il ira ensuite trouver Euryclée, ma nourrice, pour qu'elle verrouille les portes de la salle. Philétios est sorti, il doit maintenant bloquer au verrou les portes de la cour. Ça y est ! Le voilà qui rentre et me fait signe. Tout est prêt.

Mon arc, les vers ne l'ont pas rongé, et la corde n'en est pas trop sèche, elle a encore un beau son. Je le tendrai facilement, les haches sont bien alignées. Que Zeus et Athéna soient avec moi ! En réponse à ma requête, Zeus fait soudain gronder le tonnerre ! Les prétendants pâlissent, moi, je comprends le signe du dieu, père de tous les dieux. Je sors une flèche du carquois, tends la corde, vise droit. La flèche n'a pas manqué un trou...

Je me tourne alors vers Télémaque, il faut faire vite à présent !

— Télémaque, ton hôte ne te fait pas honte, n'est-ce pas ? J'ai tendu l'arc, ma flèche a traversé les haches, malgré les insultes des prétendants... Mais il est temps de souper et de profiter des cithares et des chants pour accompagner ce festin.

Je fais un signe des sourcils. Télémaque met son épée, prend sa lance. Aussitôt, j'enlève mes haillons, bondis sur l'arc, sors les flèches... Si dans la salle, l'épreuve est finie, je vais toucher une autre cible maintenant ! Qu'Apollon aussi soit avec moi ! Je vise Antinoos en premier. Il lève sa coupe pour boire. Ma flèche l'atteint à la gorge, il bascule. Le sang coule de ses narines. Il vacille, tombe et renverse la table... Mort ! Les plats, le pain, les viandes, se répandent sur le sol. Aussitôt, les prétendants se lèvent, cherchent les armes, hier encore accrochées aux murs. Il n'y a plus ni bouclier ni lance.

— Ah, chiens, vous ne pensiez pas que j'allais revenir chez moi ! Vous ruiniez ma maison, couchiez avec mes servantes, et moi vivant, recherchiez ma femme ! Vous ne craignez donc ni les dieux ni la vengeance des hommes. Mais l'heure de votre mort est fixée.

Ils ont peur maintenant ! Eurymaque tente de se défendre en accusant Antinoos, qui gît dans son sang sur le sol. C'est lui le coupable et lui seul !

— Je vais tous vous punir pour vos excès, vous n'avez pas d'autre issue pour échapper à la mort que de vous battre ou de fuir.

— Vous autres ! hurle Eurymaque. Dégainez vos poignards ! Battez-vous ! Protégez-vous de ses flèches avec les tables ! Jetons-nous tous ensemble sur lui pour l'éloigner des portes et montons en ville chercher du renfort.

L'imbécile ! Je lui décoche une flèche en plein foie, il tombe courbé en deux par la douleur. Sa tête heurte le sol, et il meurt aussitôt. Vengeance, oui, vengeance ! Télémaque me rejoint. Il me tend un bouclier, deux lances et un casque d'airain.

— Cours chercher Eumée et Philétios ! J'ai suffisamment de flèches pour tenir encore, ensuite, je me servirai des lances. Fais vite et prends autant d'armes que possible.

Les hommes transpercés crient, l'odeur du sang se répand dans la salle. Plus de flèches ! Les lances ! Ils sont pris au piège ! Toutes les issues sont fermées. Mais qui a fourni des armes aux prétendants ? Des javelines, des boucliers, des casques ? Est-ce une femme du palais qui a ouvert la salle du trésor, où elles sont entreposées ?

— Père, c'est moi, je suis le seul responsable ! J'ai laissé la porte ouverte...

— Eumée, cours refermer les portes, guette celui qui ravitaille en armes les prétendants, ligote-le, enferme-le et rejoins-nous ! La bataille sera rude. Tiens bon, Télémaque, et toi aussi, Philétios. Prenez les lances des cadavres. Nous ne sommes que quatre près des portes, face à la foule des prétendants dans la salle. Jetez vos lances en visant bien. Ils se replient dans le fond !

Athéna, la guerrière, m'incite au combat, elle excite ma violence me rappelant ma vaillance et ma force pendant la guerre de Troie. Et, pour être des nôtres, elle se transforme en hirondelle, se perchant sur les hautes poutres de la salle.

— Soyez sans pitié ! N'écoutez pas ceux qui implorent, n'oubliez pas tout le mal qu'ils ont fait. Aujourd'hui, c'est le destin et leurs crimes qui les tuent.

19

Une fidélité à toute épreuve

Pas un n'a été épargné, et leurs cadavres ensanglantés, gisant dans la poussière, s'amoncellent dans la grande salle. Seul le poète, qui, malgré lui, chantait et jouait de la lyre dans leurs festins ignobles, et le héraut Médon, le messager qui prit si souvent soin de Télémaque, ont échappé, tremblants, au massacre. Ils raconteront aux autres tout ce qui s'est passé ici...

— Télémaque, va chercher Euryclée, la nourrice !

Je suis couvert de sang, éclaboussé de souillures, comme un lion qui vient d'égorger sa proie. Qui pourrait se réjouir de tout ce sang versé ? Mais chacun, pour le mal qu'il a fait, doit craindre la justice des hommes conduite par les dieux.

— Euryclée, ne te réjouis pas de tous ces cadavres ! Mais dis-moi qui, parmi les femmes du palais, m'a bafoué, et qui est innocente.

— Ulysse, tu as cinquante femmes à ton service. Elles ont appris ici à travailler, à carder la laine, à supporter l'esclavage. Douze seulement t'ont injurié. Elles n'ont respecté personne, ni Pénélope ni moi.

— Va les chercher ! Qu'elles traînent les morts dehors, jusqu'aux murs du palais, qu'elles lavent le sang sur le sol, les fauteuils et les tables. Lorsque tout sera remis en ordre, emmenez-les un peu à l'écart de la cour. Vous, Télémaque, Eumée et Philétios, frappez-les de vos épées jusqu'à ce qu'elles meurent et oublient le plaisir qu'elles prenaient dans l'ombre, en couchant avec les prétendants... Toi, Euryclée, apporte-moi de quoi faire du feu et du soufre. Que sa flamme jaune purifie ce lieu de tout mal. Puis va réveiller Pénélope, et chercher ses suivantes !

Comme elle s'empresse, ma vieille nourrice !

Je sais que Télémaque a pendu les servantes près des portes du palais. Justice est faite, ainsi que le voulaient les dieux.

— Les dieux t'ont rendue folle pour me réveiller ainsi en pleine nuit ! Redescends dans la salle.

— C'est la vérité ! Ulysse est revenu ! Il est là, c'est l'étranger que tous insultaient dans la salle. Télémaque le savait depuis longtemps, mais il n'a rien dit avant que les prétendants ne soient punis.

— Euryclée, comment veux-tu qu'Ulysse ait pu s'attaquer seul à tous les prétendants ?

— Je n'ai rien vu, mais j'ai entendu les cris des hommes que l'on tuait. Nous étions enfermées, nous les servantes, dans nos chambres, à trembler, jusqu'à ce que Télémaque m'appelle. Et j'ai trouvé Ulysse couvert de sang au milieu des cadavres. Il les a tous châtiés, ceux qui ont fait tant de mal dans sa maison ! Oui, Ulysse est vivant ! Il est au palais, et son fils aussi ! C'est lui qui m'envoie te chercher pour qu'enfin vous vous retrouviez !

— Euryclée, ne te réjouis pas trop vite ! C'est sûrement un dieu, indigné par leur crime, qui les a tués. Ils ont payé pour leur fureur. Quant à Ulysse, tu sais bien qu'il est mort et qu'il ne reviendra plus.

— Mais qu'as-tu ? Ulysse est là, près du feu, dans la salle, et tu dis qu'il ne reviendra plus ! Suis-moi, et que je meure si je t'ai menti.

Lorsque Pénélope descend dans la salle, je vois bien qu'elle hésite. Elle se demande peut-être comment parler à cet étranger. Si je suis bien Ulysse, si elle doit courir vers moi, me prendre les mains et m'embrasser. Moi, assis dans l'ombre, le cœur battant, j'attends qu'elle parle la première. Mais elle ne dit rien. Et son silence soudain me brise !

— Mère, pourquoi agis-tu ainsi ? Assieds-toi près de mon père ! Parle-lui, dis-lui quelque chose ! Mais quelle femme es-tu, pour ne pas courir vers lui et te jeter dans ses bras, après une aussi longue absence ? Quel cœur de pierre !

— Télémaque, je suis si troublée, si stupéfaite, que je ne peux pas lui parler ni même le regarder en face. Si c'est vraiment Ulysse, je le saurai à certains signes secrets que nous sommes seuls à partager !

— Télémaque, laisse ta mère ! Bientôt, elle n'aura plus aucun soupçon, elle me reconnaîtra. C'est vrai que je suis sale, en haillons, elle se méfie de moi. Et puis, si j'ai vraiment tué cette nuit les prétendants, la jeunesse de ce pays, je ne devrais pas être là, j'aurais dû m'enfuir déjà ! Mais maintenant, pour éviter le pire, allez vous laver, mettez vos plus beaux vêtements, et dites aux femmes du palais de se préparer. Convoquez le joueur de lyre, et que dehors dans la ville, on pense, en entendant les danses et les rires, que l'on fête un mariage. Empêchons que la rumeur du massacre des prétendants ne gagne la cité et même les campagnes.

Lorsque je reviens dans la salle, paré d'une tunique et d'un manteau de lin finement brodé, je suis comme un jeune marié, mon cœur s'affole. Me trouvera-t-elle encore assez beau, me désirera-t-elle comme autrefois ? Mais elle se tait et ne laisse transparaître aucun sentiment.

— Qui es-tu, pour être aussi indifférente à l'homme de retour chez lui après tant de souffrances ? Allez, nourrice, dresse-moi un lit, que je dorme seul encore une fois, car cette femme a un cœur de fer !

Je suis blessé... J'ai rêvé tant de fois de son visage, tant de fois j'ai demandé tout bas qu'elle me donne le courage d'affronter la mort... Elle était avec moi lorsque j'errais en mer... Mais elle ne dit rien, pas un mot, ni de pitié, ni d'inquiétude, ni d'amour, rien. Qui sait maintenant si elle n'a pas joué la comédie en pleurant, espérant en secret que je ne reviendrais pas ?

— Crois-moi, Ulysse, ce n'est ni de l'indifférence ni du mépris. Comment aurais-je pu t'oublier, oublier nos derniers instants ? Même après vingt ans d'absence... Mais Euryclée, puisqu'il veut dormir seul, dresse-lui en dehors de ma chambre le lit qu'il avait fait lui-même. Et lorsqu'il sera installé, apporte-lui des draps chatoyants.

— Femme, que dis-tu, qui a déplacé mon lit ? C'est impossible ! Aucun homme, même le plus habile, n'aurait pu le transporter ailleurs, sauf avec l'aide d'un dieu. Pas même le bouger ! Car autrefois, dans la cour, il y avait un rejeton d'olivier aussi épais qu'une colonne. J'ai bâti notre chambre autour de lui. Un bon toit, des portes ajustées. J'ai gardé le tronc de l'olivier pour faire un pied et construire, à partir de lui, notre lit. J'ai poli l'ensemble des bois, je les ai incrustés d'argent, d'ivoire et d'or, ensuite, j'ai tendu sur le cadre de bonnes sangles de cuir pourpre. Je ne sais pas si mon lit est encore en place, Pénélope, ou si quelqu'un, pour le déplacer, a coupé la racine !

À ces mots, Pénélope en larmes se jette dans mes bras et m'embrasse le visage.

— Ne m'en veux pas, Ulysse ! Nous n'avons pas connu la joie de vivre ensemble. Je suis devenue méfiante, j'ai eu peur pendant tant d'années que quelqu'un n'arrive au palais et ne me trompe en se faisant passer pour toi. Le lit est toujours là, tel que tu l'as construit, et j'ai pleuré plus d'une fois seule dans mon sommeil.

Soudain, Pénélope m'enlace et je la serre contre moi. Ses mains fines et blanches effleurent ma gorge. Je vois la veine de son cou s'affoler aux battements de son cœur. Je respire son parfum, celui des oliviers et du benjoin. Qu'elle est désirable !

Athéna, sans doute troublée de voir ceux qui s'aiment enfin réunis, prolonge la nuit, retarde l'aube. Mais pourquoi, à cet instant, penser encore à la prédiction du devin Tirésias dans le monde d'Hadès, celui des morts ?

— Pénélope, il faut que tu le saches, mes épreuves ne sont pas finies.

Alors, je vois dans ses yeux qu'elle a peur.

— Dis-moi tout de suite ce qui nous attend !

Je lui révèle qu'allant de ville en ville à travers le monde, je devrai trouver ceux qui ne connaissent pas la mer.

— Si les dieux te réservent une vieillesse moins dure, il nous reste l'espoir d'être heureux, un jour, ensemble.

Mais le lit est prêt, la servante se retire, nous laissant retrouver les plaisirs de l'amour.

20

Après une aussi longue absence...

Quand l'aube se lève, nous nous sommes raconté vingt ans de souffrance, de peur et de malheurs, ce que nous avions vécu chacun séparément. Elle qui m'attendait, et moi, que les dieux retenaient au-delà du monde des humains.

— Pénélope, ne bouge pas d'ici, ne sors pas et ne pose pas de questions. Car dehors, les gens ont dû maintenant apprendre le massacre des prétendants. Je vais réveiller Télémaque, Eumée le porcher et Philétios le bouvier, et nous irons jusqu'aux champs voir mon père qui, lui, me pleure encore. Je viendrai te chercher quand il n'y aura plus de danger.

— Vous, entrez chez mon père, et demandez que l'on tue un cochon. Faites-le griller, nous le mangerons ensemble. Moi, je vais jusqu'au verger, je veux savoir s'il me reconnaîtra après une aussi longue absence.

Ô Zeus ! Comme il a changé, il a vieilli, et sa main tremble. Son manteau est sale et rapiécé.

— Vieillard ! On voit que tu connais les travaux du jardin ! Poirier, figuier, olivier, vigne, tout est entretenu avec soin. Mais toi, tu es sale, mal habillé, et tu as l'air triste ! De qui es-tu le serviteur ? À qui est ce verger ? Est-ce que je suis à Ithaque ? J'ai bien rencontré quelqu'un sur la route, mais il n'a pas voulu me répondre. Je cherche Ulysse, car je l'ai accueilli chez moi autrefois. Est-il mort ou vivant ? Il m'a raconté qu'il était né à Ithaque et que son père s'appelait Laërte. Je l'ai bien reçu, et lorsqu'il est reparti, je lui ai offert de nombreux présents, dont un cratère d'or, des tapis, des tuniques...

— Étranger, tu es bien à Ithaque ! Mais aujourd'hui, ce sont des fous qui sont au pouvoir ! Si Ulysse était vivant, il t'aurait, lui aussi à son tour, offert quelques cadeaux. Mais cela fait combien d'années que tu l'as reçu ? Qui es-tu ? D'où viens-tu, quels sont tes parents et ta ville ?

Je m'invente une histoire à faire pleurer, mais comment pourrais-je faire souffrir mon père plus longtemps ? Je m'élance pour l'embrasser.

— Père, tu ne me reconnais pas ? Je suis Ulysse ! Regarde ma cicatrice ! Tu te souviens du sanglier qui m'a blessé ? Et puis tu m'as donné des arbres dans ton verger : treize poiriers, dix pommiers et quarante figuiers, tu t'en souviens, et une vigne ?

— Mon enfant, mon fils unique ! Mes jambes faiblissent. Le bonheur, soudain, est trop grand pour moi ! Soutiens-moi !

— Mais si les prétendants sont morts, j'ai peur que tous les habitants d'Ithaque ne se soulèvent et n'arrivent jusqu'ici !

— Ne crains rien, Athéna est avec moi. Allons chez toi, dans ta demeure. Et dès maintenant, prends soin de toi, baigne-toi, change ton manteau.

Athéna voulut le rajeunir lui aussi, comme pour effacer toutes les années du malheur...

Mais pendant que nous nous retrouvons et mangeons ensemble, les citoyens d'Ithaque grondent aux portes du palais. Ils gémissent en emportant les corps des prétendants. On charge certains corps sur des navires, pour qu'ils puissent trouver une sépulture chez eux. La ville retentit de pleurs, de cris et de lamentations.

Eupithès, le père d'Antinoos, pleurant la mort de son fils, harangue les hommes :

— Ulysse a commis de nombreux crimes contre les Grecs ! D'abord, il est parti avec nos hommes et nos navires les plus rapides ; ensuite, il a perdu les navires et les hommes sont tous morts. Et pour finir, dès son retour, il a tué les meilleurs de ceux qui restaient ! Que la honte soit sur nous, si nous ne vengeons pas nos enfants ! Je préfère mourir que de laisser tant de crimes impunis. Armons-nous ! Que ce traître n'ait pas le temps de se sauver par la mer.

Certains, parmi le peuple, essaient de retenir les hommes en colère :

— Vos enfants, dans leur folie, ont fait leur propre malheur ! Ils ruinaient la maison d'Ulysse, déshonoraient sa femme, outrageaient son fils. Ne partez pas vous battre contre lui ! Vous serez tous massacrés !

À ces mots, la moitié des hommes se retire, les autres, excités par Eupithès, s'arment et se rassemblent.

Athéna, sur l'Olympe, entend leur fureur, aussitôt elle interroge son père :

— Zeus, ô père, que vas-tu faire maintenant ? Quel destin pour Ithaque ? Vas-tu rétablir la paix entre les gens, ou les laisser s'entredéchirer dans une guerre civile ?

— Ma fille, pourquoi me poses-tu cette question, vu que tu as déjà décidé ce qui se passerait ? C'est toi qui as voulu qu'Ulysse revienne à Ithaque pour tuer les prétendants. Alors, qu'on lui prête serment et qu'il règne en chef, désormais. Nous ferons oublier aux gens d'Ithaque la mort des leurs. Que l'amitié renaisse comme autrefois, et que l'abondance et la paix viennent les combler. Qu'il en soit fait ainsi !

— Ulysse ! Les voilà ! Ils arrivent !

— Armons-nous !

Combien sommes-nous ? Les six fils de Dolios, venus avec leur père voir Laërte, moi et Télémaque, Eumée et Philétios, voilà notre armée cuirassée de bronze !

— Télémaque, mon fils, ne déshonore pas aujourd'hui la race de tes pères ! Jusqu'à ce jour, partout ils ont montré leur force !

— Père, ce cœur-là ne te déshonorera pas !

— Quel jour inoubliable ! Mon fils et mon petit-fils, à mes côtés, rivalisent de courage !

Et, jetant de toutes ses forces sa longue lance, Laërte, le premier, tue Eupithès, venu en tête des gens d'Ithaque pour venger son fils.

Avec Télémaque, j'assaille les premiers rangs, les frappant de nos épées, les transperçant de nos lances. Nous les tuons. Le sang appelle le sang !

Mais Athéna, la sage, au milieu de la mêlée, pousse un cri terrifiant :

— Gens d'Ithaque ! Arrêtez de vous battre les uns contre les autres !

Les hommes, terrorisés par cette voix divine, laissent tomber leurs armes et se sauvent vers la ville.

Moi, comme un fou, je pousse un hurlement de guerre ! je veux, semblable à l'aigle, fondre sur eux sans pitié. Mais soudain, la foudre tombe à mes pieds ! Le signe de Zeus !

Athéna aussitôt m'avertit :

— Ulysse, fils de Laërte, arrête, interromps ce combat, avant que Zeus ne t'en veuille pour tout ce sang versé ! Que ta force et ta ruse ne t'aveuglent pas ! Tu sais ce que vaut la mort, après une si longue errance sur la mer ! N'oublie jamais ce que tu as appris dans la douleur, ni la douceur de vivre... Et désormais, construis la paix !

*
* *

Au palais, depuis qu'il est roi d'Ithaque, Télémaque a célébré trois fêtes en l'honneur de Zeus, et offert cent bœufs blancs pour le sacrifice. Sage et réfléchi, il gouverne son peuple dans le respect des hommes et des dieux. Et s'il court les mers, aussi habile que son père à manier les navires sur le dos des vagues, il garde droit le cap et ne s'aventure jamais au-delà du monde des humains. Ulysse, puisque Pénélope n'est plus à ses côtés, habite maintenant la haute demeure de Laërte, près du grand verger. Bientôt, il ne montera plus jusqu'aux oliviers, voir la mer et le ciel se rejoindre, et rêver. Si Athéna et Zeus le veulent bien, lorsque les pommiers seront en fleurs et que les oiseaux commenceront à chanter dans les vignes, il aimerait partir pour le grand voyage. Et quand il embarquera seul, à bord de son rapide navire à la proue effilée, une dernière fois il emportera, bien serrée au creux de sa main, une poignée de cette terre d'Ithaque qu'il a tant aimée...

TABLE

Composition JOUVE - 53100 Mayenne
N° 348057p
Imprimé en France par HÉRISSEY - 27000 Évreux
Dépôt imprimeur : 96827 — éditeur : 48199
32.10.2272.6/01 - ISBN : 2.01.322272.6
Loi nº 49-956 du 16 juillet 1949 sur les publications destinées à la jeunesse
Dépôt légal : août 2004